тон Чехов

шнёвый сад

Комедия в 4-х действиях

де́йствие: Akt.

Действующие лица

Раневская Любовь Андреевна, *помещица*
Аня, *ее дочь, 17 лет*
Варя, *ее приемная дочь, 24 года*
Гаев Леонид Андреевич, *брат Раневской*
Лопахин Ермолай Алексеевич, *купец*
Трофимов Петр Сергеевич, *студент*
Симеонов-Пищик Борис Борисович, *помещик*
Шарлотта Ивановна, *гувернантка*
Епиходов Семен Пантелеевич, *конторщик*
Дуняша, *горничная*
Фирс, *лакей, старик 87 лет*
Яша, *молодой лакей*
Прохожий
Начальник станции
Почтовый чиновник
Гости, прислуга

Действие происходит в имении Л. А. Раневской.

1 **де́йствующие ли́ца:** handelnde Personen.
2 **поме́щица:** Gutsbesitzerin.
4 **приёмная дочь:** Pflegetochter.
10 **конто́рщик:** Buchhalter.
11 **го́рничная:** Zimmermädchen.
12 **лаке́й:** Diener.
14 **прохо́жий:** Spaziergänger, Passant.
16 **почто́вый чино́вник:** Postbeamter.
17 **прислу́га:** Bedienstete.
18 **име́ние:** Landgut.

Действие первое

Комната, которая до сих пор называется детскою. Одна из дверей ведет в комнату Ани. Рассвет, скоро взойдет солнце. Уже май, цветут вишневые деревья, но в саду холодно, утренник. Окна в комнате закрыты. Входят Дуняша со свечой и Лопахин с книгой в руке.

Лопахин. Пришел поезд, слава богу. Который час?

Дуняша. Скоро два. *(Тушит свечу.)* Уже светло.

Лопахин. На сколько же это опоздал поезд? Часа на два, по крайней мере. *(Зевает и потягивается.)* Я-то хорош, какого дурака свалял! Нарочно приехал сюда, чтобы на станции встретить, и вдруг проспал … Сидя уснул. Досада … Хоть бы ты меня разбудила.

Дуняша. Я думала, что вы уехали. *(Прислушивается.)* Вот, кажется, уже едут.

5 **у́тренник:** Morgenfrost.
7 **свеча́:** Kerze.
11 **зева́ть** (uv.): gähnen.
11 f. **потя́гиваться** (uv.): sich strecken.
12 **сваля́ть** (v.) **дурака́** (umg.): eine Dummheit begehen (дура́к: Trottel).
14 **проспа́ть** (v.): verschlafen.
14 f. **доса́да:** Ärger; hier: zu blöd.
15 **хоть бы:** wenn … doch nur.

Лопахин *(прислушивается).* Нет … Багаж получить, то да се …
(Пауза.)
Любовь Андреевна прожила за границей пять лет, не знаю, какая она теперь стала … Хороший она человек. Легкий, простой человек. Помню, когда я был мальчонком лет пятнадцати, отец мой покойный – он тогда здесь на деревне в лавке торговал – ударил меня по лицу кулаком, кровь пошла из носу … Мы тогда вместе пришли зачем-то во двор, и он выпивши был. Любовь Андреевна, как сейчас помню, еще молоденькая, такая худенькая, подвела меня к рукомойнику, вот в этой самой комнате, в детской. «Не плачь, говорит, мужичок, до свадьбы заживет …»
(Пауза.)
Мужичок … Отец мой, правда, мужик был, а я вот в белой жилетке, желтых башмаках. Со свиным рылом в калашный ряд … Только что вот

1 **прислу́шиваться** (uv.): (auf)horchen, lauschen.
8 **поко́йный:** verstorben, selig.
9 **ла́вка:** (Kram)laden.
11 **вы́пить** (v.): einen über den Durst trinken.
14 **рукомо́йник:** Waschbecken.
16 **зажи́ть** (-живёт; v.): verheilen.
18 **мужичо́к:** Bäuerlein.
19 **жиле́тка** (umg.): Weste (жиле́т).
башма́к: Schuh.
19 f. **со свины́м ры́лом в кала́шный ряд** (Redensart): (sich) mit der Schweineschnauze in die Reihe der Kringelbäckerei / in die Brotstände (einreihen), d.h. sich dort befinden, wo man

богатый, денег много, а ежели подумать и разобраться, то мужик мужиком … *(Перелистывает книгу.)* Читал вот книгу и ничего не понял. Читал и заснул.

(Пауза.)

Дуняша. А собаки всю ночь не спали, чуют, что хозяева едут.

Лопахин. Что ты, Дуняша, такая …

Дуняша. Руки трясутся. Я в обморок упаду.

Лопахин. Очень уж ты нежная, Дуняша. И одеваешься, как барышня, и прическа тоже. Так нельзя. Надо себя помнить.

(Входит Епиходов с букетом; он в пиджаке и в ярко вычищенных сапогах, которые сильно скрипят; войдя, он роняет букет.)

nicht hingehört. Свинóе ры́ло: Schweineschnauze‹; калáшный (калáчный) ряд (alt.): Kalatschenstand, Verkaufsstand von Kringelbuden (der калáч, ein rundlicher, bauchiger Kringel, war vor allem im alten Russland beliebt).

1 f. **разобрáться** (v.): verstehen, sich auskennen.

2 **мужи́к мужикóм:** Bauer bleibt Bauer.

6 **чу́ять** (чу́ю, -ешь; uv.): spüren.

7 **хозя́ин** (Pl. хозя́ева) Besitzer, Hausherr; hier: Herrschaften.

9 **трясти́сь** (-су́сь, -сёшься; uv.) zittern.

упáсть (-аду́, -дёшь; v.) **в óбморок:** in Ohnmacht fallen.

10 **нéжный:** zart, verzärtelt, zerbrechlich, empfindlich.

11 **бáрышня:** junge Dame.

причёска: Frisur.

12 **нáдо себя́ пóмнить:** jeder muss seinen Platz kennen, wissen, wohin er gehört.

14 **вы́чистить** (-ищу, -стишь; v.): reinigen.

15 **скрипéть** (-плю́, -пи́шь; v.): knarren.

роня́ть (uv.): fallen lassen.

Епиходов *(поднимает букет)*. Вот садовник прислал, говорит, в столовой поставить. *(Отдает Дуняше букет.)*

Лопахин. И квасу мне принесёшь.

Дуняша. Слушаю. *(Уходит.)*

Епиходов. Сейчас утренник, мороз в три градуса, а вишня вся в цвету. Не могу одобрить нашего климата. *(Вздыхает.)* Не могу. Наш климат не может способствовать в самый раз. Вот, Ермолай Алексеич, позвольте вам присовокупить, купил я себе третьего дня сапоги, а они, смею вас уверить, скрипят так, что нет никакой возможности. Чем бы смазать?

Лопахин. Отстань. Надоел.

Епиходов. Каждый день случается со мной какое-нибудь несчастье. И я не ропщу, привык и даже улыбаюсь.

(Дуняша входит, подает Лопахину квас.)

Я пойду. *(Натыкается на стул, который падает.)* Вот … *(Как бы торжествуя.)* Вот видите, извините за выражение, какое обстоятель-

4 **квас:** Kwass, in Russland beliebtes, durstlöschendes Gärgetränk, zu dessen Ingredienzien u. a. Roggen, Wasser, Schwarzbrot und Malz gehören.
7 **одо́брить** (v.): etw. gutheißen, einer Sache etw. abgewinnen.
9 **спосо́бствовать** (uv.): begünstigen, zuträglich sein.
10 **присовокупи́ть** (v.): ergänzen.
13 **сма́зать** (v.): eincremen.
14 **надое́сть** (v.): lästig werden, auf die Nerven fallen.
16 **ропта́ть** (ропщу́, ро́пщешь; v.): klagen, murren.
19 **натыка́ться** (uv.; на + Akk.): gegen etw. stoßen.
20 **торжествова́ть** (v.): triumphieren.

ство, между прочим … Это просто даже замечательно! *(Уходит.)*

Дуняша. А мне, Ермолай Алексеич, признаться, Епиходов предложение сделал.

Лопахин. А!

Дуняша. Не знаю уж как … Человек он смирный, а только иной раз как начнет говорить, ничего не поймешь. И хорошо, и чувствительно, только непонятно. Мне он как будто и нравится. Он меня любит безумно. Человек он несчастливый, каждый день что-нибудь. Его так и дразнят у нас: двадцать два несчастья …

Лопахин *(прислушивается)*. Вот, кажется, едут …

Дуняша. Едут! Что ж это со мной … похолодела вся.

Лопахин. Едут, в самом деле. Пойдем встречать. Узнает ли она меня? Пять лет не видались.

Дуняша *(в волнении)*. Я сейчас упаду … Ах, упаду! *(Слышно, как к дому подъезжают два экипажа. Лопахин и Дуняша быстро уходят. Сцена пуста. В соседних комнатах начинается шум. Через сцену, опираясь на палочку, торопливо проходит Фирс, ездивший встречать Любовь Андреевну; он в старинной ливрее и в высокой шляпе; что-то говорит сам с собой, но нельзя*

4 **предложéние:** Heiratsantrag.
11 **дразни́ть** (v.): necken.
12 **двáдцать два несчáстья:** hier: ein Unglück kommt selten allein.
19 **экипáж:** Kutsche.
22 **опирáться** (uv.): sich stützen.
пáлочка: Stock.
торопли́вый: eilig.

разобрать ни одного слова. Шум за сценой все усиливается. Голос: «Вот пройдемте здесь …» Любовь Андреевна, Аня и Шарлотта Ивановна с собачкой на цепочке, одетые по-дорожному. Варя в пальто и платке, Гаев, Симеонов-Пищик, Лопахин, Дуняша с узлом и зонтиком, прислуга с вещами – все идут через комнату.)

Аня. Пройдемте здесь. Ты, мама, помнишь, какая это комната?

Любовь Андреевна *(радостно, сквозь слёзы)*. Детская!

Варя. Как холодно, у меня руки закоченели. *(Любови Андреевне.)* Ваши комнаты, белая и фиолетовая, такими же и остались, мамочка.

Любовь Андреевна. Детская, милая моя, прекрасная комната … Я тут спала, когда была маленькой … *(Плачет.)* И теперь я как маленькая … *(Целует брата, Варю, потом опять брата.)* А Варя по-прежнему все такая же, на монашку похожа. И Дуняшу я узнала … *(Целует Дуняшу.)*

Гаев. Поезд опоздал на два часа. Каково? Каковы порядки?

Шарлотта *(Пищику)*. Моя собака и орехи кушает.

Пищик *(удивленно)*. Вы подумайте!

(Уходят все, кроме Ани и Дуняши.)

1 **разобра́ть** (v.): verstehen.
6 **у́зел:** Bündel.
12 **закочене́ть** (v.): vor Kälte erstarren, absterben.
20 **мона́шка:** Nonne.
25 **Вы поду́маете!:** hier: Nein so was! Wer hätte das gedacht? Was Sie nicht sagen!

Дуняша. Заждались мы … *(Снимает с Ани пальто, шляпу.)*

Аня. Я не спала в дороге четыре ночи … теперь озябла очень.

Дуняша. Вы уехали в Великом посту, тогда был снег, был мороз, а теперь? Милая моя! *(Смеется, целует ее.)* Заждалась вас, радость моя, светик … Я скажу вам сейчас, одной минутки не могу утерпеть …

Аня *(вяло)*. Опять что-нибудь …

Дуняша. Конторщик Епиходов после Святой мне предложение сделал.

Аня. Ты все об одном … *(Поправляет волосы.)* Я растеряла все шпильки … *(Она очень утомлена, даже пошатывается.)*

Дуняша. Уж я не знаю, что и думать. Он меня любит, так любит!

Аня *(глядит в свою дверь, нежно)*. Моя комната, мои окна, как будто я не уезжала. Я дома! Завтра утром встану, побегу в сад … О, если бы я могла уснуть! Я не спала всю дорогу, томило меня беспокойство.

1 **заждáться** (v.): müde vom Warten sein.
4 **озя́бнуть** (v.): durchfrieren.
5 **Вели́кий пост:** Große Fasten: Fastenzeit vor Ostern.
8 **свéтик:** Lichtlein; hier als Kosename: mein Augenlicht.
11 **Святáя (недéля):** Ostern, Osterwoche.
13 **поправля́ть** (uv.): in Ordnung bringen, richten.
14 **шпи́лька:** Haarnadel.
утомлённый: erschöpft.
15 **пошáтываться** (uv.): schwanken.
21 **томи́ть** (uv.): quälen.

Дуняша. Третьего дня Петр Сергеич приехали.

Аня *(радостно)*. Петя!

Дуняша. В бане спят, там и живут. Боюсь, говорят, стеснить. *(Взглянув на свои карманные часы.)* Надо бы их разбудить, да Варвара Михайловна не велела. Ты, говорит, его не буди. *(Входит Варя, на поясе у нее вязка ключей.)*

Варя. Дуняша, кофе поскорей … Мамочка кофе просит.

Дуняша. Сию минуточку. *(Уходит.)*

Варя. Ну, слава богу, приехали. Опять ты дома. *(Ласкаясь.)* Душечка моя приехала! Красавица приехала!

Аня. Натерпелась я.

Варя. Воображаю!

Аня. Выехала я на Страстной неделе, тогда было холодно. Шарлотта всю дорогу говорит, представляет фокусы. И зачем ты навязала мне Шарлотту …

Варя. Нельзя же тебе одной ехать, душечка. В семнадцать лет!

3 **ба́ня:** Badehaus.
4 **стесни́ть** (v.): zur Last fallen.
7 **вя́зка ключе́й:** Schlüsselbund.
12 **ласка́ться** (uv.): streicheln, zärtlich sein.
ду́шечка: kleine Seele; hier als Kosename: mein Schatz, mein Herzchen.
14 **натерпе́ться** (v.): viel durchmachen.
15 **вообража́ть** (uv.): sich vorstellen.
16 **Стра́стная неде́ля:** Karwoche.
18 **фо́кус:** Kunststück.
навяза́ть (v.): aufzwingen, aufhalsen.

Аня. Приезжаем в Париж, там холодно, снег. По-французски говорю я ужасно. Мама живет на пятом этаже, прихожу к ней, у нее какие-то французы, дамы, старый патер с книжкой, и накурено, неуютно. Мне вдруг стало жаль мамы, так жаль, я обняла ее голову, сжала руками и не могу выпустить. Мама потом все ласкалась, плакала …

Варя *(сквозь слезы)*. Не говори, не говори …

Аня. Дачу свою около Ментоны она уже продала, у нее ничего не осталось, ничего. У меня тоже не осталось ни копейки, едва доехали. И мама не понимает! Сядем на вокзале обедать, и она требует самое дорогое и на чай лакеям дает по рублю. Шарлотта тоже. Яша тоже требует себе порцию, просто ужасно. Ведь у мамы лакей Яша, мы привезли его сюда …

Варя. Видела подлеца.

Аня. Ну что, как? Заплатили проценты?

Варя. Где там.

Аня. Боже мой, боже мой …

Варя. В августе будут продавать имение …

Аня. Боже мой …

Лопахин *(заглядывает в дверь и мычит)*. Ме-е-е … *(Уходит.)*

4 f. **наку́рено:** verqualmt.
6 **сжать** (v.): drücken.
9 **Менто́на:** Menton; Badeort an der Côte d'Azur, wo sich auch Čechov aufhielt.
17 **подле́ц:** Schuft.
18 **проце́нты:** Zinsen.
19 **где там:** ja wie denn; von wegen.
23 **мыча́ть** (-чу́, –чи́шь; uv.): brabbeln, meckern.

Варя *(сквозь слезы)*. Вот так бы и дала ему … *(Грозит кулаком.)*

Аня *(обнимает Варю, тихо)*. Варя, он сделал предложение? *(Варя отрицательно качает головой.)* Ведь он же тебя любит … Отчего вы не объяснитесь, чего вы ждете?

Варя. Я так думаю, ничего у нас не выйдет. У него дела много, ему не до меня … и внимания не обращает. Бог с ним совсем, тяжело мне его видеть … Все говорят о нашей свадьбе, все поздравляют, а на самом деле ничего нет, всё как сон … *(Другим тоном.)* У тебя брошка вроде как пчелка.

Аня *(печально)*. Это мама купила. *(Идет в свою комнату, говорит весело, по-детски.)* А в Париже я на воздушном шаре летала!

Варя. Душечка моя приехала! Красавица приехала!

(Дуняша уже вернулась с кофейником и варит кофе.)

(Стоит около двери.) Хожу я, душечка, цельный день по хозяйству и все мечтаю. Выдать бы тебя за богатого человека, и я бы тогда была покойней, пошла бы себе в пустынь, потом в

1 **вот так бы и дала́ ему́:** dem würd ich's geben; den könnte ich …

8 **ему́ не до меня́:** ihm ist nicht nach mir; ihm bleibt keine Zeit für mich.

13 **пчёлка:** Biene.

19 **кофе́йник:** Kaffeekanne.

24 **пу́стынь** (f.): Einsiedelei.

Киев … в Москву, и так бы все ходила по святым местам … Ходила бы и ходила. Благолепие! …

Аня. Птицы поют в саду. Который теперь час?

Варя. Должно, третий. Тебе пора спать, душечка. *(Входя в комнату к Ане.)* Благолепие!

(Входит Яша с пледом, дорожной сумочкой.)

Яша *(идет через сцену, деликатно)*. Тут можно пройти-с?

Дуняша. И не узнаешь вас, Яша. Какой вы стали за границей.

Яша. Гм … А вы кто?

Дуняша. Когда вы уезжали отсюда, я была этакой … *(Показывает от пола.)* Дуняша, Федора Козоедова дочь. Вы не помните!

Яша. Гм … Огурчик! *(Оглядывается и обнимает ее; она вскрикивает и роняет блюдечко. Яша быстро уходит.)*

Варя *(в дверях, недовольным голосом)*. Что еще тут?

Дуняша *(сквозь слезы)*. Блюдечко разбила …

Варя. Это к добру.

2f. **благоле́пие:** Pracht; herrlicher Gedanke.

7 **плед:** Plaid.

8 **делика́тный:** höflich, rücksichtsvoll, feinfühlig.

9 **пройти́-с:** Mit der veralteten Partikel -c (entstanden aus су́дарь ›Herr‹) wurde einst Höflichkeit und Ehrerbietung ausgedrückt.

16 **огу́рчик:** Gürkchen. Hier Anspielung auf die Redensart »Она́ свежа́, как огу́рчик«, »sie ist frisch wie ein Gürkchen«.

22 **э́то к добру́:** das bringt Glück; Scherben bringen Glück.

Аня *(выйдя из своей комнаты)*. Надо бы маму предупредить: Петя здесь …

Варя. Я приказала его не будить.

Аня *(задумчиво.)* Шесть лет тому назад умер отец, через месяц утонул в реке брат Гриша, хорошенький семилетний мальчик. Мама не перенесла, ушла, ушла, без оглядки … *(Вздрагивает.)* Как я ее понимаю, если бы она знала! *(Пауза.)*

А Петя Трофимов был учителем Гриши, он может напомнить …

(Входит Фирс; он в пиджаке и белом жилете.)

Фирс *(идет к кофейнику, озабоченно)*. Барыня здесь будут кушать … *(Надевает белые перчатки.)* Готов кофий? *(Строго Дуняше.)* Ты! А сливки?

Дуняша. Ах, боже мой … *(Быстро уходит.)*

Фирс *(хлопочет около кофейника)*. Эх ты, недотепа … *(Бормочет про себя.)* Приехали из Парижа … И барин когда-то ездил в Париж … на лошадях … *(Смеется.)*

Варя. Фирс, ты о чем?

2 **предупреди́ть** (v.): warnen.
6f. **перенести́** (v.): ertragen.
7 **без огля́дки:** unüberlegt, ohne nachzudenken.
7f. **вздра́гивать** (uv.): zusammenzucken.
12 **пиджа́к:** Jackett.
13 **озабо́ченный:** besorgt.
18 **хлопота́ть** (-очу́, -о́чешь; uv.): sich zu schaffen machen.
18f. **недотёпа:** Tolpatsch.
19 **бормота́ть** (-очу́, -о́чешь; uv.): murmeln.
20 **ба́рин:** Herr.

Фирс. Чего изволите? *(Радостно.)* Барыня моя приехала! Дождался! Теперь хоть и помереть … *(Плачет от радости.)*

(Входят Любовь Андреевна, Гаев, Лопахин и Симеонов-Пищик; Симеонов-Пищик в поддевке из тонкого сукна и шароварах. Гаев, входя, руками и туловищем делает движения, как будто играет на биллиарде.)

Любовь Андреевна. Как это? Дай-ка вспомнить … Желтого в угол! Дуплет в середину!

Гаев. Режу в угол! Когда-то мы с тобой, сестра, спали вот в этой самой комнате, а теперь мне уже пятьдесят один год, как это ни странно …

Лопахин. Да, время идет.

Гаев. Кого?

Лопахин. Время, говорю, идет.

Гаев. А здесь пачулями пахнет.

Аня. Я спать пойду. Спокойной ночи, мама. *(Целует мать.)*

1 **чегó извóлите?:** wie belieben?; ja bitte?
2 **дождáться** (v.): lange warten; erleben dürfen.
5 **поддёвка:** leichter Herrenmantel.
6 **сукнó:** Tuch.
шаровáры: Pluderhosen.
7 **тýловище:** Oberkörper.
10 **жёлтого в ýгол:** die gelbe (Kugel) in die Ecke (Billard).
дуплéт в середи́ну: über die Bande in die Mitte (Billard).
11 **рéзать в ýгол:** (eine Kugel) in die Ecke spielen (Billard); рéзать (рéжу, -жешь; uv.): schneiden.
17 **пáчули** (Pl.): eine in Ostasien verbreitete Pflanzenart, aus der Patschuliöl, ein Rohstoff für die Parfümindustrie, gewonnen wird.

Любовь Андреевна. Ненаглядная дитюся моя. *(Целует ей руки.)* Ты рада, что ты дома? Я никак в себя не приду.

Аня. Прощай, дядя.

Гаев *(целует ей лицо, руки)*. Господь с тобой. Как ты похожа на свою мать! *(Сестре.)* Ты, Люба, в ее годы была точно такая.

(Аня подает руку Лопахину и Пищику, уходит и затворяет за собой дверь.)

Любовь Андреевна. Она утомилась очень.

Пищик. Дорога, небось, длинная.

Варя *(Лопахину и Пищику)*. Что ж, господа? Третий час, пора и честь знать.

Любовь Андреевна *(смеется)*. Ты все такая же, Варя. *(Привлекает ее к себе и целует.)* Вот выпью кофе, тогда все уйдем. *(Фирс кладет ей под ноги подушечку.)* Спасибо, родной. Я привыкла к кофе. Пью его и днем и ночью. Спасибо, мой старичок. *(Целует Фирса.)*

Варя. Поглядеть, все ли вещи привезли ... *(Уходит.)*

Любовь Андреевна. Неужели это я сижу? *(Смеет-*

1 **ненагля́дный:** allerliebster.
дитю́ся: Kindchen.
2f. **я ника́к в себя́ не приду́:** hier: ich bin noch nicht zu mir gekommen.
5 **госпо́дь с тобо́й:** der Herr sei mit dir.
9 **затворя́ть** (uv.): schließen.
11 **небо́сь:** wohl, sicherlich.
13 **пора́ и честь знать** (umg.): es ist höchste Zeit aufzubrechen.
15 **привлека́ть** (uv.): heranziehen.

ся.) Мне хочется прыгать, размахивать руками. *(Закрывает лицо руками.)* А вдруг я сплю! Видит бог, я люблю родину, люблю нежно, я не могла смотреть из вагона, все плакала. *(Сквозь слезы.)* Однако же надо пить кофе. Спасибо тебе, Фирс, спасибо, мой старичок. Я так рада, что ты еще жив.

Фирс. Позавчера.

Гаев. Он плохо слышит.

Лопахин. Мне сейчас, в пятом часу утра, в Харьков ехать. Такая досада! Хотелось поглядеть на вас, поговорить … Вы все такая же великолепная.

Пищик *(тяжело дышит)*. Даже похорошела … Одета по-парижскому … пропадай моя телега, все четыре колеса …

Лопахин. Ваш брат, вот Леонид Андреич, говорит про меня, что я хам, я кулак, но это мне решительно все равно. Пускай говорит. Хотелось

1 **размáхивать** (uv.) **рукáми:** die Arme in die Luft werfen.

10f. **Хáрьков:** Char'kov, ukrainisch: Chár'kiv, zweitgrößte Stadt der Ukraine. Zu Čechovs Zeiten lag Char'kov am Südende des russischen Reichs und war ein wichtiges Kultur- und Handelszentrum. Die Handlung des Stücks spielt bei Char'kov.

15f. **пропадáй моя́ телéга, все четы́ре колёса** (Redensart): es möge meine Kutsche kaputtgehen, alle vier Räder; hier: wenn dabei auch alles draufgeht.

18 **хам:** Flegel, Grobian.
кулáк: hier: Halsabschneider. Das Wort кулáк, das den wohlhabenden Bauern meint, war im alten Russland auch eine abschätzige Bezeichnung für Zwischenhändler, die durch Wuchergeschäfte reich wurden.

бы только, чтобы вы мне верили по-прежнему, чтобы ваши удивительные, трогательные глаза глядели на меня, как прежде. Боже милосердный! Мой отец был крепостным у вашего деда и отца, но вы, собственно вы, сделали для меня когда-то так много, что я забыл все и люблю вас, как родную … больше, чем родную.

Любовь Андреевна. Я не могу усидеть, не в состоянии … *(Вскакивает и ходит в сильном волнении.)* Я не переживу этой радости … Смейтесь надо мной, я глупая … Шкафик мой родной … *(Целует шкаф.)* Столик мой.

Гаев. А без тебя тут няня умерла.

Любовь Андреевна *(садится и пьет кофе)*. Да, царство небесное. Мне писали.

Гаев. И Анастасий умер. Петрушка Косой от меня ушел и теперь в городе у пристава живет. *(Вынимает из кармана коробку с леденцами, сосет.)*

Пищик. Дочка моя, Дашенька … вам кланяется …

Лопахин. Мне хочется сказать вам что-нибудь

4 **крепостно́й:** Leibeigener.
9 **вска́кивать** (uv.): aufspringen.
13 **ня́ня:** Kinderfrau, Amme. In russischen Adelshäusern blieben die Kinderfrauen, eine russische Institution und in der russischen Literatur mehrfach verehrt, bis zum Lebensende angestellt und waren häufig als Kindermädchen für mehrere Generationen tätig.
16 **косо́й:** schieläugig.
17 **при́став:** Polizeihauptmann.
18 **ледене́ц:** Bonbon.
соса́ть (сосу́, -ёшь; uv.): lutschen.
19 **кла́няться** (uv.; alt.): grüßen lassen.

очень приятное, веселое. *(Взглянув на часы.)* Сейчас уеду, некогда разговаривать … ну, да я в двух-трех словах. Вам уже известно, вишневый сад ваш продается за долги, на двадцать второе августа назначены торги, но вы не беспокойтесь, моя дорогая, спите себе спокойно, выход есть … Вот мой проект. Прошу внимания! Ваше имение находится только в двадцати верстах от города, возле прошла железная дорога, и если вишневый сад и землю по реке разбить на дачные участки и отдавать потом в аренду под дачи, то вы будете иметь самое малое двадцать пять тысяч в год дохода.

Гаев. Извините, какая чепуха!

Любовь Андреевна. Я вас не совсем понимаю, Ермолай Алексеич.

Лопахин. Вы будете брать с дачников самое малое по двадцати пяти рублей в год за десятину, и если теперь же объявите, то я ручаюсь чем угодно, у вас до осени не останется ни одного свободного клочка, всё разберут. Одним словом, поздравляю, вы спасены. Местоположение

5 **назна́чить** (v.): festsetzen.
торги́ (Pl.): Versteigerung.
9 **верста́:** 1 Werst = 1,066 Kilometer.
11 f. **отдава́ть** (uv.) **в аре́нду:** in Pacht geben.
13 **дохо́д:** Einkommen.
14 **чепуха́:** Unsinn, Schwachsinn.
18 **десяти́на:** 1 Desjatine = 1,09 Hektar.
19 **руча́ться** (uv.): sich verbürgen.
21 **клочо́к:** Parzelle, Fleckchen Erde.
разобра́ть (разберу́, -рёшь; v.): hier: aufkaufen.

чудесное, река глубокая. Только, конечно, нужно поубрать, почистить … например, скажем, снести все старые постройки, вот этот дом, который уже никуда не годится, вырубить старый вишневый сад …

Любовь Андреевна. Вырубить? Милый мой, простите, вы ничего не понимаете. Если во всей губернии есть что-нибудь интересное, даже замечательное, так это только наш вишневый сад.

Лопахин. Замечательного в этом саду только то, что он очень большой. Вишня родится раз в два года, да и ту девать некуда, никто не покупает.

Гаев. И в «Энциклопедическом словаре» упоминается про этот сад.

Лопахин *(взглянув на часы)*. Если ничего не придумаем и ни к чему не придем, то двадцать второго августа и вишневый сад, и все имение будут продавать с аукциона. Решайтесь же! Другого выхода нет, клянусь вам. Нет и нет.

Фирс. В прежнее время, лет сорок-пятьдесят назад, вишню сушили, мочили, мариновали, варенье варили, и, бывало …

2 **поубра́ть** (v.): ein wenig Ordnung schaffen.
3 **снести́** (v.): abreißen.
4 **вы́рубить** (v.): abholzen.
12 **дева́ть не́куда:** man kann sie nirgendwo hinbringen.
16 **ни к чему́ не прийти́:** zu keinem Entschluss kommen.
19 **кля́сться** (-яну́сь, -нёшься; uv.): schwören, garantieren.
21 **суши́ть** (uv.): dörren.
мочи́ть (uv.): einmachen.
маринова́ть (uv.): marinieren.
21 f. **варе́нье:** Konfitüre; flüssiger als die uns bekannte Konfitüre

Гаев. Помолчи, Фирс.

Фирс. И, бывало, сушеную вишню возами отправляли в Москву и в Харьков. Денег было! И сушеная вишня тогда была мягкая, сочная, сладкая, душистая … Способ тогда знали …

Любовь Андреевна. А где же теперь этот способ?

Фирс. Забыли. Никто не помнит.

Пищик *(Любови Андреевне)*. Что в Париже? Как? Ели лягушек?

Любовь Андреевна. Крокодилов ела.

Пищик. Вы подумайте …

Лопахин. До сих пор в деревне были только господа и мужики, а теперь появились еще дачники. Все города, даже самые небольшие, окружены теперь дачами. И можно сказать, дачник лет через двадцать размножится до необычайности. Теперь он только чай пьет на балконе, но ведь может случиться, что на своей одной десятине он займется хозяйством, и тогда ваш вишневый сад станет счастливым, богатым, роскошным …

und weniger als Brotaufstrich geeignet; wird in Russland gern anstelle von Zucker zum Tee gereicht.

2 **воз:** Fuhre, Fuhrwerk.

4 **со́чный:** saftig.

5 **души́стый:** wohlriechend.

спо́соб: Gebrauchsanweisung, Methode.

13 f. **да́чник:** Sommerfrischler.

16 f. **размно́житься** (v.) **до необыча́йности:** sich bis ins Unendliche vermehren.

21 **роско́шный:** luxuriös, prächtig.

Гаев *(возмущаясь)*. Какая чепуха!

(Входят Варя и Яша.)

Варя. Тут, мамочка, вам две телеграммы. *(Выбирает ключ и со звоном отпирает старинный шкаф.)* Вот они.

Любовь Андреевна. Это из Парижа. *(Рвет телеграммы, не прочитав.)* С Парижем кончено …

Гаев. А ты знаешь, Люба, сколько этому шкафу лет? Неделю назад я выдвинул нижний ящик, гляжу, а там выжжены цифры. Шкаф сделан ровно сто лет тому назад. Каково? А? Можно было бы юбилей отпраздновать. Предмет неодушевленный, а все-таки, как-никак книжный шкаф.

Пищик *(удивленно)*. Сто лет … Вы подумайте! …

Гаев. Да … Это вещь … *(Ощупав шкаф.)* Дорогой, многоуважаемый шкаф! Приветствую твое существование, которое вот уже больше ста лет было направлено к светлым идеалам добра и справедливости; твой молчаливый призыв к плодотворной работе не ослабевал в течение ста лет, поддерживая *(сквозь слезы)* в поколениях нашего рода бодрость, веру в лучшее бу-

1 **возмуща́ться** (uv.): sich empören.
10 **вы́жечь** (вы́жгу, -жжешь; v.): einbrennen.
12f. **неодушевлённый:** unbeseelt, leblos.
16 **ощу́пать** (v.): befühlen, betasten.
19 **напра́вить** (v.): richten.
20 **призы́в:** Aufruf, Ansporn.
21 **плодотво́рный:** fruchtbar.
23 **бо́дрость:** Mut, Tatkraft.

дущее и воспитывая в нас идеалы добра и общественного самосознания.

(Пауза.)

Лопахин. Да …

Любовь Андреевна. Ты все такой же, Леня.

Гаев *(немного сконфуженный)*. От шара направо в угол! Режу в среднюю!

Лопахин *(поглядев на часы)*. Ну, мне пора.

Яша *(подает Любови Андреевне лекарства)*. Может, примете сейчас пилюли …

Пищик. Не надо принимать медикаменты, милейшая … от них ни вреда, ни пользы … Дайте-ка сюда … многоуважаемая. *(Берет пилюли, высыпает их себе на ладонь, дует на них, кладет в рот, и запивает квасом.)* Вот!

Любовь Андреевна *(испуганно)*. Да вы с ума сошли!

Пищик. Все пилюли принял.

Лопахин. Экая прорва.

(Все смеются.)

Фирс. Они были у нас на Святой, полведра огурцов скушали … *(Бормочет.)*

Любовь Андреевна. О чем это он?

Варя. Уж три года так бормочет. Мы привыкли.

Яша. Преклонный возраст.

2 **самосозна́ние:** Selbstbewusstsein.
6 **шар:** Kugel; hier: die weiße Kugel (Billard).
12 **вред:** Schaden.
13 f. **высыпа́ть** (uv.): schütten, herausstreuen.
19 **про́рва:** Vielfraß.
21 **полведра́:** ein halber Kübel.
25 **прекло́нный во́зраст:** fortgeschrittenes Alter, Senilität.

(Шарлотта Ивановна в белом платье, очень худая, стянутая, с лорнеткой на поясе проходит через сцену.)

Лопахин. Простите, Шарлотта Ивановна, я не успел еще поздороваться с вами. *(Хочет поцеловать у нее руку.)*

Шарлотта *(отнимая руку)*. Если позволить вам поцеловать руку, то вы потом пожелаете в локоть, потом в плечо …

Лопахин. Не везет мне сегодня. *(Все смеются.)* Шарлотта Ивановна, покажите фокус!

Любовь Андреевна. Шарлотта, покажите фокус!

Шарлотта. Не надо. Я спать желаю. *(Уходит.)*

Лопахин. Через три недели увидимся. *(Целует Любови Андреевне руку.)* Пока прощайте. Пора. *(Гаеву.)* До свиданция. *(Целуется с Пищиком.)* До свиданция. *(Подает руку Варе, потом Фирсу и Яше.)* Не хочется уезжать. *(Любови Андреевне.)* Ежели надумаете насчет дач и решите, тогда дайте знать, я взаймы тысяч пятьдесят достану. Серьезно подумайте.

Варя *(сердито)*. Да уходите же наконец!

Лопахин. Ухожу, ухожу … *(Уходит.)*

2 **стяну́ть** (v.): zusammenschnüren.
лорне́тка: Lorgnette (Lesehilfe).
9 **ло́коть** (m.): Ellenbogen.
10 **не везёт мне:** ich habe kein Glück.
16 **до свида́нция:** etwa: auf Wiederbesehen, auf Wiederschehen, auf Wiederflehen (Wortspiel im Russischen; vgl. S. 101).
19 **насчёт** (+ Gen.): hinsichtlich.
20f. **доста́ть** (-а́ну, -нешь; v.) **взаймы́:** auf Kredit bekommen.

Гаев. Хам. Впрочем, пардон … Варя выходит за него замуж, это Варин женишок.

Варя. Не говорите, дядечка, лишнего.

Любовь Андреевна. Что ж, Варя, я буду очень рада. Он хороший человек.

Пищик. Человек, надо правду говорить … достойнейший … И моя Дашенька … тоже говорит, что … разные слова говорит. *(Храпит, но тотчас же просыпается.)* А все-таки, многоуважаемая, одолжите мне … взаймы двести сорок рублей … завтра по закладной проценты платить …

Варя *(испуганно)*. Нету, нету!

Любовь Андреевна. У меня в самом деле нет ничего.

Пищик. Найдутся. *(Смеется.)* Не теряю никогда надежды. Вот, думаю, уж все пропало, погиб, ан глядь, – железная дорога по моей земле прошла, и … мне заплатили. А там, гляди, еще что-нибудь случится не сегодня-завтра … Двести тысяч выиграет Дашенька … у нее билет есть.

Любовь Андреевна. Кофе выпит, можно на покой.

Фирс *(чистит щеткой Гаева, наставительно)*.

2 **Ва́рин женишо́к:** Varjas Bräutigam.
8 **храпе́ть** (-плю́, -пи́шь; uv.): schnarchen.
9 **просыпа́ться** (uv.): aufwachen.
10 **одолжи́ть** (v.): leihen.
11 **закладна́я:** Hypothek, Pfandbrief.
17 **пропа́сть** (v.): verschwinden, verlorengehen.
17 f. **ан глядь:** aber siehe da.
23 **настави́тельный:** belehrend.

Опять не те брючки надели. И что мне с вами делать!

Варя *(тихо)*. Аня спит. *(Тихо отворяет окно.)* Уже взошло солнце, не холодно. Взгляните, мамочка: какие чудесные деревья! Боже мой, воздух! Скворцы поют!

Гаев *(отворяет другое окно)*. Сад весь белый. Ты не забыла, Люба? Вот эта длинная аллея идет прямо, прямо, точно протянутый ремень, она блестит в лунные ночи. Ты помнишь? Не забыла?

Любовь Андреевна *(глядит в окно на сад)*. О, мое детство, чистота моя! В этой детской я спала, глядела отсюда на сад, счастье просыпалось вместе со мною каждое утро, и тогда он был точно таким, ничто не изменилось. *(Смеется от радости.)* Весь, весь белый! О, сад мой! После темной, ненастной осени и холодной зимы опять ты молод, полон счастья, ангелы небесные не покинули тебя … Если бы снять с груди и с плеч моих тяжелый камень, если бы я могла забыть мое прошлое!

Гаев. Да, и сад продадут за долги, как это ни странно …

Любовь Андреевна. Посмотрите, покойная мама идет по саду … в белом платье! *(Смеется от радости.)* Это она.

6 **скворе́ц:** Star.
9 **протя́нутый:** gespannt.
реме́нь (m.): Gürtel.
18 **нена́стный:** verregnet, regnerisch.
20 **поки́нуть** (v.): verlassen.

Гаев. Где?

Варя. Господь с вами, мамочка.

Любовь Андреевна. Никого нет, мне показалось. Направо, на повороте к беседке, белое деревцо склонилось, похоже на женщину …

(Входит Трофимов, в поношенном студенческом мундире, в очках.)

Любовь Андреевна. Какой изумительный сад! Белые массы цветов, голубое небо …

Трофимов. Любовь Андреевна!

(Она оглянулась на него.)

Я только поклонюсь вам и тотчас же уйду. *(Горячо целует руку.)* Мне приказано было ждать до утра, но у меня не хватило терпения … *(Любовь Андреевна глядит с недоумением.)*

Варя *(сквозь слезы)*. Это Петя Трофимов …

Трофимов. Петя Трофимов, бывший учитель вашего Гриши … Неужели я так изменился?

(Любовь Андреевна обнимает его и тихо плачет.)

Гаев *(смущенно)*. Полно, полно, Люба.

Варя *(плачет)*. Говорила ведь, Петя, чтобы погодили до завтра.

Любовь Андреевна. Гриша мой … мой мальчик … Гриша … сын …

Варя. Что же делать, мамочка. Воля божья.

4 **поворо́т:** Biegung.
бесе́дка: Gartenlaube, Pavillon.
5 **склони́ться:** sich verneigen.
6 **поно́шенный:** abgetragen (поноси́ть; uv.: eine Zeitlang tragen).
15 **недоуме́ние:** Erstaunen, Verwunderung.

Трофимов *(мягко, сквозь слезы)*. Будет, будет …

Любовь Андреевна *(тихо плачет)*. Мальчик погиб, утонул … Для чего? Для чего, мой друг? *(Тише.)* Там Аня спит, а я громко говорю … поднимаю шум … Что же, Петя? Отчего вы так подурнели? Отчего постарели?

Трофимов. Меня в вагоне одна баба назвала так: облезлый барин.

Любовь Андреевна. Вы были тогда совсем мальчиком, милым студентиком, а теперь волосы не густые, очки. Неужели вы все еще студент? *(Идет к двери.)*

Трофимов. Должно быть, я буду вечным студентом.

Любовь Андреевна *(целует брата, потом Варю)*. Ну, идите спать … Постарел и ты, Леонид.

Пищик *(идет за ней)*. Значит, теперь спать … Ох, подагра моя. Я у вас останусь … Мне бы, Любовь Андреевна, душа моя, завтра утречком … двести сорок рублей …

Гаев. А этот все свое.

Пищик. Двести сорок рублей … проценты по закладной платить.

Любовь Андреевна. Нет у меня денег, голубчик.

Пищик. Отдам, милая … Сумма пустяшная …

6 **подурне́ть** (v.): schlechtes Aussehen erlangen.
8 **облéзлый:** kahl, mit schütterem Haar.
18 **пода́гра:** Gicht.
19 **у́тречком** (alt.): am Morgen, früh.
21 **а э́тот всё своё:** der hat nur das eine im Kopf.
24 **голу́бчик:** Täubchen; hier als Kosename: mein Lieber.
25 **пустя́шный:** unbedeutend (пустя́чный).

Любовь Андреевна. Ну, хорошо, Леонид даст … Ты дай, Леонид.

Гаев. Дам я ему, держи карман.

Любовь Андреевна. Что же делать, дай … Ему нужно … Он отдаст.

(Любовь Андреевна, Трофимов, Пищик и Фирс уходят. Остаются Гаев, Варя и Яша.)

Гаев. Сестра не отвыкла еще сорить деньгами. *(Яше.)* Отойди, любезный, от тебя курицей пахнет.

Яша *(с усмешкой)*. А вы, Леонид Андреич, все такой же, как были.

Гаев. Кого? *(Варе.)* Что он сказал?

Варя *(Яше)*. Твоя мать пришла из деревни, со вчерашнего дня сидит в людской, хочет повидаться …

Яша. Бог с ней совсем!

Варя. Ах, бесстыдник!

Яша. Очень нужно. Могла бы и завтра прийти. *(Уходит.)*

Варя. Мамочка такая же, как была, нисколько не изменилась. Если б ей волю, она бы все раздала.

3 **держи́ карма́н** (umg.): darauf kannst du lange warten; das fehlte noch.

8 **отвы́кнуть** (v): sich abgewöhnen.
сори́ть (uv.) **деньга́ми:** mit Geld um sich werfen.

11 **усме́шка:** spöttisches Lächeln.

15 **людска́я:** Gesindestube.

15f. **повида́ться** (v.): sich wiedersehen.

17 **Бог с ней совсе́м!:** hier: Gott möge sie selig haben; soll sie machen, was sie will.

18 **бессты́дник:** schamloser Kerl.

Гаев. Да …

(Пауза.)

Если против какой-нибудь болезни предлагается очень много средств, то это значит, что болезнь неизлечима. Я думаю, напрягаю мозги, у меня много средств, очень много и, значит, в сущности ни одного. Хорошо бы получить от кого-нибудь наследство, хорошо бы выдать нашу Аню за очень богатого человека, хорошо бы поехать в Ярославль и попытать счастья у тетушки-графини. Тетка ведь очень, очень богата.

Варя *(плачет)*. Если бы бог помог.

Гаев. Не реви. Тетка очень богата, но нас она не любит. Сестра, во-первых, вышла замуж за присяжного поверенного, не дворянина …

(Аня показывается в дверях.)

Вышла за не дворянина и вела себя нельзя сказать чтобы очень добродетельно. Она хорошая, добрая, славная, я ее очень люблю, но, как там ни придумывай смягчающие обстоятельства, все

5 **неизлечи́мый:** unheilbar.
напряга́ть (uv.): anstrengen.
мозг: Gehirn.

10 **Яросла́вль:** Jaroslavl', an der Volga gelegen, ist eine der ältesten Städte Russlands und gehört zu den altrussischen Städten am Goldenen Ring; etwa 280 km nordöstlich von Moskau.

15 f. **прися́жный пове́ренный:** Rechtsanwalt.

16 **дворяни́н:** Adliger.

19 **доброде́тельный:** tugendhaft.

21 **смягча́ющие обстоя́тельства:** mildernde Umstände.

же, надо сознаться, она порочна. Это чувствуется в ее малейшем движении.

Варя *(шепотом)*. Аня стоит в дверях.

Гаев. Кого?

(Пауза.)

Удивительно, мне что-то в правый глаз попало … плохо стал видеть. И в четверг, когда я был в окружном суде …

(Входит Аня.)

Варя. Что же ты не спишь, Аня?

Аня. Не спится. Не могу.

Гаев. Крошка моя. *(Целует Ане лицо, руки.)* Дитя мое … *(Сквозь слезы.)* Ты не племянница, ты мой ангел, ты для меня все. Верь мне, верь …

Аня. Я верю тебе, дядя. Тебя все любят, уважают … но, милый дядя, тебе надо молчать, только молчать. Что ты говорил только что про мою маму, про свою сестру? Для чего ты это говорил?

Гаев. Да, да … *(Ее рукой закрывает себе лицо.)* В самом деле, это ужасно! Боже мой! Боже, спаси меня! И сегодня я речь говорил перед шкафом … так глупо! И только когда кончил, понял, что глупо.

Варя. Правда, дядечка, вам надо бы молчать. Молчите себе, и все.

Аня. Если будешь молчать, то тебе же самому будет покойнее.

1 **поро́чный:** lasterhaft, unmoralisch.
8 **окружно́й суд:** Kreisgericht.
12 **кро́шка:** Krümel; hier als Kosename: mein Kleines.

Гаев. Молчу. *(Целует Ане и Варе руки.)* Молчу. Только вот о деле. В четверг я был в окружном суде, ну, сошлась компания, начался разговор о том, о сем, пятое-десятое, и, кажется, вот можно будет устроить заем под векселя, чтобы заплатить проценты в банк.

Варя. Если бы господь помог!

Гаев. Во вторник поеду, еще раз поговорю. *(Варе.)* Не реви. *(Ане.)* Твоя мама поговорит с Лопахиным; он, конечно, ей не откажет … А ты, как отдохнешь, поедешь в Ярославль к графине, твоей бабушке. Вот так и будем действовать с трех концов – и дело наше в шляпе. Проценты мы заплатим, я убежден … *(Кладет в рот леденец.)* Честью моей, чем хочешь, клянусь, имение не будет продано! *(Возбужденно.)* Счастьем моим клянусь! Вот тебе моя рука, назови меня тогда дрянным, бесчестным человеком, если я допущу до аукциона! Всем существом моим клянусь!

Аня *(спокойное настроение вернулось к ней, она*

3 **сойти́сь** (v.): zusammenkommen.
компа́ния: Gesellschaft.
3f. **о том, о сём:** über dies, über das.
4 **пя́тое-деся́тое:** vom Hundertsten ins Tausendste.
5 **заём:** Kredit, Darlehen.
ве́ксель (m.): Wechsel.
13 **де́ло на́ше в шля́пе:** unsere Sache geht in Ordnung, ist im Kasten (шля́па: Hut).
15 **че́стью мое́й:** bei meiner Ehre.
16f. **возбуждённый:** begeistert, erregt.
18 **дрянно́й:** gemein, schäbig.

счастлива). Какой ты хороший, дядя, какой умный! *(Обнимает дядю.)* Я теперь покойна! Я покойна! Я счастлива!

(Входит Фирс.)

Фирс *(укоризненно)*. Леонид Андреич, бога вы не боитесь! Когда же спать?

Гаев. Сейчас, сейчас. Ты уходи, Фирс. Я уж, так и быть, сам разденусь. Ну, детки, бай-бай … Подробности завтра, а теперь идите спать. *(Целует Аню и Варю.)* Я человек восьмидесятых годов … Не хвалят это время, но все же могу сказать, за убеждения мне доставалось немало в жизни. Недаром меня мужик любит. Мужика надо знать! Надо знать, с какой …

Аня. Опять ты, дядя!

Варя. Вы, дядечка, молчите.

Фирс *(сердито)*. Леонид Андреич!

Гаев. Иду, иду … Ложитесь. От двух бортов в се-

5 **укори́зненный:** vorwurfsvoll.

8 **де́тки:** liebe Kinder.

бай-бай: eiapopeia (im Wiegenlied); tschüss; hier: ab ins Bett.

10f. **я челове́к восьмидеся́тых годо́в:** Ich bin ein Mann der achtziger Jahre. – Das Attentat auf Zar Alexander II. 1881 warf Russland innenpolitisch in eine Phase der reaktionären Repression, in deren Folge sozialrevolutionäre und marxistische Ideen immer mehr Anhänger fanden. Die fortschreitende Industrialisierung spaltete die Gesellschaft verstärkt in Großbourgeoisie und Arbeiterschaft, die, wie die Mehrzahl der Bauern, unter schweren Lebens- und Arbeitsbedingungen litt.

12 **убежде́ние:** Überzeugung.

13 **неда́ром:** nicht umsonst.

18f. **от двух борто́в в середи́ну:** die Kugel über zwei Banden in die Mitte (Billard).

редину! Кладу чистого … *(Уходит, за ним семенит Фирс.)*

Аня. Я теперь покойна. В Ярославль ехать не хочется, я не люблю бабушку, но все же я покойна. Спасибо дяде. *(Садится.)*

Варя. Надо спать. Пойду. А тут без тебя было неудовольствие. В старой людской, как тебе известно, живут одни старые слуги: Ефимьюшка, Поля, Евстигней, ну и Карп. Стали они пускать к себе ночевать каких-то проходимцев – я промолчала. Только вот, слышу, распустили слух, будто я велела кормить их одним только горохом. От скупости, видишь ли … И это все Евстигней … Хорошо, думаю. Коли так, думаю, то погоди же. Зову я Евстигнея … *(Зевает.)* Приходит … Как же ты, говорю, Евстигней … дурак ты этакой … *(Поглядев на Аню.)* Анечка! … *(Пауза.)*

Заснула! … *(Берет Аню под руку.)* Пойдем в постельку … Пойдем! … *(Ведет ее.)* Душечка моя уснула! Пойдем …

(Идут. Далеко за садом пастух играет на свирели. Трофимов идет через сцену и, увидев Варю и Аню, останавливается.)

1 **класть** (кладу́, -дёшь; uv.) **чи́стого:** einen Klaren hinlegen; hier: neu plazieren (Billard).
1 f. **семени́ть** (uv.): trippeln.
10 **проходи́мец:** Gauner.
12 f. **горо́х:** Erbsen.
13 **ску́пость:** Geiz.
14 **ко́ли:** wenn.
22 f. **свире́ль** (f.): Hirtenflöte.

Тссс … Она спит … спит … Пойдем, родная.

Аня *(тихо, в полусне)*. Я так устала … все колокольчики … Дядя … милый … и мама и дядя …

Варя. Пойдем, родная, пойдем … *(Уходят в комнату Ани.)*

Трофимов *(в умилении)*. Солнышко мое! Весна моя!

(Занавес)

2 **полусóн:** Halbschlaf.
2f. **колокóльчик:** Glöckchen.
6 **умилéние:** Ergriffenheit.
8 **зáнавес:** Vorhang.

Действие второе

Поле. Старая, покривившаяся, давно заброшенная часовенка, возле нее колодец, большие камни, когда-то бывшие, по-видимому, могильными плитами, и старая скамья. Видна дорога в усадьбу Гаева. В стороне, возвышаясь, темнеют тополи: там начинается вишневый сад. Вдали ряд телеграфных столбов, и далеко-далеко на горизонте неясно обозначается большой город, который бывает виден только в очень хорошую, ясную погоду. Скоро сядет солнце. Шарлотта, Яша и Дуняша сидят на скамье; Епиходов стоит возле и играет на гитаре; все сидят задумавшись. Шарлотта в старой фуражке; она сняла с плеч ружье и поправляет пряжку на ремне.

2 **покриви́ться** (v): schief werden, einfallen.
2f. **забро́шенный:** verwahrlost.
3 **часо́венка:** kleine Kapelle (часо́вня).
коло́дец: Brunnen.
4f. **моги́льная плита́:** Grabstein.
5 **скамья́:** Bank.
уса́дьба: Gutshaus, Landgut.
6 **возвыша́ться** (uv.): sich erheben, emporragen.
то́поль (m.): Pappel.
9 **обознача́ться** (uv.): sich abzeichnen.
14 **фура́жка:** Schirmmütze.
15 **ружьё:** Gewehr.
поправля́ть (uv.): zurechtrücken, richten.
пря́жка: Schnalle.

Шарлотта *(в раздумье)*. У меня нет настоящего паспорта, я не знаю, сколько мне лет, и мне все кажется, что я молоденькая. Когда я была маленькой девочкой, то мой отец и мамаша ездили по ярмаркам и давали представления, очень хорошие. А я прыгала salto mortale и разные штучки. И когда папаша и мамаша умерли, меня взяла к себе одна немецкая госпожа и стала меня учить. Хорошо. Я выросла, потом пошла в гувернантки. А откуда я и кто я – не знаю … Кто мои родители, может, они не венчались … не знаю. *(Достает из кармана огурец и ест.)* Ничего не знаю.

(Пауза.)

Так хочется поговорить, а не с кем … Никого у меня нет.

Епиходов *(играет на гитаре и поет)*. «Что мне до шумного света, что мне друзья и враги …» Как приятно играть на мандолине!

Дуняша. Это гитара, а не мандолина. *(Глядится в зеркальце и пудрится.)*

Епиходов. Для безумца, который влюблен, это мандолина … *(Напевает.)* «Было бы сердце согрето жаром взаимной любви …»

(Яша подпевает.)

7 **шту́чка:** Kunststückchen.

11 **венча́ться** (uv.): heiraten, sich kirchlich trauen lassen.

17 f. **что мне до шу́много све́та:** was soll mir die laute Welt.

23 f. **согре́ть** (v.): erwärmen. – Die Worte stammen aus der damals populären Romanze »Спрятался месяц за тучку« (»Der Mond versteckte sich hinter einem Wölkchen«).

24 **взаи́мный:** gegenseitig.

Шарлотта. Ужасно поют эти люди … фуй! Как шакалы.

Дуняша (*Яше*). Все-таки какое счастье побывать за границей.

Яша. Да, конечно. Не могу с вами не согласиться. (*Зевает, потом закуривает сигару.*)

Епиходов. Понятное дело. За границей всё давно уж в полной комплекции.

Яша. Само собой.

Епиходов. Я развитой человек, читаю разные замечательные книги, но никак не могу понять направления, чего мне собственно хочется, жить мне или застрелиться, собственно говоря, но тем не менее я всегда ношу при себе револьвер. Вот он … (*Показывает револьвер.*)

Шарлотта. Кончила. Теперь пойду. (*Надевает ружье.*) Ты, Епиходов, очень умный человек и очень страшный; тебя должны безумно любить женщины. Бррр! (*Идет.*) Эти умники все такие глупые, не с кем мне поговорить … Все одна, одна, никого у меня нет и … и кто я, зачем я, неизвестно … (*Уходит не спеша.*)

Епиходов. Собственно говоря, не касаясь других предметов, я должен выразиться о себе, между прочим, что судьба относится ко мне без сожаления, как буря к небольшому кораблю. Если,

8 **комплéкция:** Komplexion, Gestalt, Zustand.
9 **самó собóй:** selbstverständlich.
10 **развитóй:** gebildet.
13 **застрели́ться** (v.): sich erschießen.
19 **ýмник:** Schlauberger, Neunmalkluger.

допустим, я ошибаюсь, тогда зачем же сегодня утром я просыпаюсь, к примеру сказать, гляжу, а у меня на груди страшной величины паук … Вот такой. *(Показывает обеими руками.)* И тоже квасу возьмешь, чтобы напиться, а там, глядишь, что-нибудь в высшей степени неприличное, вроде таракана.

(Пауза.)

Вы читали Бокля?

(Пауза.)

Я желаю побеспокоить вас, Авдотья Федоровна, на пару слов.

Дуняша. Говорите.

Епиходов. Мне бы желательно с вами наедине … *(Вздыхает.)*

Дуняша *(смущенно)*. Хорошо … только сначала принесите мне мою тальмочку … Она около шкафа … тут немножко сыро …

Епиходов. Хорошо-с … принесу-с … Теперь я знаю, что мне делать с моим револьвером … *(Берет гитару и уходит, наигрывая.)*

3 **паýк:** Spinne.
7 **врóде** (+ Gen.): so wie.
таракáн: Kakerlake.
9 **Бокль:** Henry Thomas Buckle (1821–1862), englischer Historiker; sein Hauptwerk *History of Civilization in England* (1857) wurde aufgrund seiner Einseitigkeit und positivistisch-materialistischen Ausrichtung widersprüchlich aufgenommen.
11 **побеспокóить** (v.): behelligen.
14 **наединé:** allein, unter vier Augen.
15 **вздыхáть** (uv.): seufzen.
17 **тáльмочка:** kleiner Umhang, Überwurf (тáльма).

Яша. Двадцать два несчастья! Глупый человек, между нами говоря. *(Зевает.)*

Дуняша. Не дай бог, застрелится.

(Пауза.)

Я стала тревожная, все беспокоюсь. Меня еще девочкой взяли к господам, я теперь отвыкла от простой жизни, и вот руки белые-белые, как у барышни. Нежная стала, такая деликатная, благородная, всего боюсь … Страшно так. И если вы, Яша, обманете меня, то я не знаю, что будет с моими нервами.

Яша *(целует ее)*. Огурчик! Конечно, каждая девушка должна себя помнить, и я больше всего не люблю, ежели девушка дурного поведения.

Дуняша. Я страстно полюбила вас, вы образованный, можете обо всем рассуждать.

(Пауза.)

Яша *(зевает)*. Да-с … По-моему, так: ежели девушка кого любит, то она, значит, безнравственная.

(Пауза.)

Приятно выкурить сигару на чистом воздухе … *(Прислушивается.)* Сюда идут … Это господа … *(Дуняша порывисто обнимает его.)*

Идите домой, будто ходили на реку купаться,

5 **трево́жный:** schreckhaft.
8f. **благоро́дный:** vornehm.
14 **поведе́ние:** Benehmen.
16 **рассужда́ть** (uv.): überlegen, nachdenken.
19f. **безнра́вственный:** unmoralisch.
24 **поры́вистый:** ungestüm, stürmisch.

идите этой дорожкой, а то встретятся и подумают про меня, будто я с вами на свидании. Терпеть этого не могу.

Дуняша *(тихо кашляет)*. У меня от сигары голова разболелась … *(Уходит.)*

(Яша остается, сидит возле часовни. Входят Любовь Андреевна, Гаев и Лопахин.)

Лопахин. Надо окончательно решить – время не ждет. Вопрос ведь совсем пустой. Согласны вы отдать землю под дачи или нет? Ответьте одно слово: да или нет? Только одно слово!

Любовь Андреевна. Кто это здесь курит отвратительные сигары … *(Садится.)*

Гаев. Вот железную дорогу построили, и стало удобно. *(Садится.)* Съездили в город и позавтракали … желтого в середину! Мне бы сначала пойти в дом, сыграть одну партию …

Любовь Андреевна. Успеешь.

Лопахин. Только одно слово! *(Умоляюще.)* Дайте же мне ответ!

Гаев *(зевая)*. Кого?

Любовь Андреевна *(глядит в свое портмоне)*. Вчера было много денег, а сегодня совсем мало. Бедная моя Варя из экономии кормит всех молочным супом, на кухне старикам дают один горох, а я трачу как-то бессмысленно … *(Уро-*

2f. **терпе́ть** (uv.): leiden, ertragen, ausstehen.
12f. **отврати́тельный:** widerlich.
19 **умолять** (uv.): flehen.
26f. **урони́ть** (uv.): fallen lassen.

нила портмоне, рассыпала золотые.) Ну, посыпались … *(Ей досадно.)*

Яша. Позвольте, я сейчас подберу. *(Собирает монеты.)*

Любовь Андреевна. Будьте добры, Яша. И зачем я поехала завтракать … Дрянной ваш ресторан с музыкой, скатерти пахнут мылом … Зачем так много пить, Леня? Зачем так много есть? Зачем так много говорить? Сегодня в ресторане ты говорил опять много и все некстати. О семидесятых годах, о декадентах. И кому? Половым говорить о декадентах!

Лопахин. Да.

Гаев *(машет рукой)*. Я неисправим, это очевидно … *(Раздраженно Яше.)* Что такое, постоянно вертишься перед глазами …

2 **доса́дный:** ärgerlich, peinlich.

10 **некста́ти:** unpassend.

10f. **о семидеся́тых года́х, о декаде́нтах:** über die siebziger Jahre, über die Dekadenten. – Da nach der Abschaffung der Leibeigenschaft 1861 trotz einiger Reformen ein grundlegender Wandel der autokratischen Herrschaft ausblieb, ließen die sozialen Spannungen überall Widerstand gären. Viele Intellektuelle »gingen ins Volk«, um vor allem mit Hilfe der Bauern eine neue Gesellschaftsordnung mit sozialistischen Zügen zu schaffen, was ihnen aber nicht gelang. Aus diesen »Volkstümlern« (наро́дники) bildete sich später die sozialrevolutionäre und terroristische Bewegung »Volkswille« (Наро́дная во́ля), die 1881 den Zaren Alexander II. durch eine Bombe tötete.

11 **полово́й:** Kellner.

15 **раздражённый:** gereizt.

16 **верте́ться** (верчу́сь, ве́ртишься; uv.): sich drehen; hier: sich ständig befinden.

Яша *(смеется)*. Я не могу без смеха вашего голоса слышать.

Гаев *(сестре)*. Или я, или он …

Любовь Андреевна. Уходите, Яша, ступайте …

Яша *(отдает Любови Андреевне кошелек)*. Сейчас уйду. *(Едва удерживается от смеха.)* Сию минуту … *(Уходит.)*

Лопахин. Ваше имение собирается купить богач Дериганов. На торги, говорят, приедет сам лично.

Любовь Андреевна. А вы откуда слышали?

Лопахин. В городе говорят.

Гаев. Ярославская тетушка обещала прислать, а когда и сколько пришлет, неизвестно …

Лопахин. Сколько она пришлет? Тысяч сто? Двести?

Любовь Андреевна. Ну … Тысяч десять-пятнадцать, и на том спасибо.

Лопахин. Простите, таких легкомысленных людей, как вы, господа, таких неделовых, странных, я еще не встречал. Вам говорят русским языком, имение ваше продается, а вы точно не понимаете.

Любовь Андреевна. Что же нам делать? Научите, что?

Лопахин. Я вас каждый день учу. Каждый день я говорю все одно и то же. И вишневый сад, и землю необходимо отдать в аренду под дачи, сделать это теперь же, поскорее – аукцион на

8 **бога́ч:** reicher Mensch, ›Krösus‹.

19 **неделово́й:** unpraktisch, geschäftsuntüchtig.

28f. **на носу́:** nicht mehr fern, unmittelbar bevorstehend.

носу! Поймите! Раз окончательно решите, чтоб были дачи, так денег вам дадут сколько угодно, и вы тогда спасены.

Любовь Андреевна. Дачи и дачники – это так пошло, простите.

Гаев. Совершенно с тобой согласен.

Лопахин. Я или зарыдаю, или закричу, или в обморок упаду. Не могу! Вы меня замучили! *(Гаеву.)* Баба вы!

Гаев. Кого?

Лопахин. Баба! *(Хочет уйти.)*

Любовь Андреевна *(испуганно)*. Нет, не уходите, останьтесь, голубчик. Прошу вас. Может быть, надумаем что-нибудь!

Лопахин. О чем тут думать!

Любовь Андреевна. Не уходите, прошу вас. С вами все-таки веселее …

(Пауза.)

Я все жду чего-то, как будто над нами должен обвалиться дом.

Гаев *(в глубоком раздумье)*. Дуплет в угол … Круазе в середину …

Любовь Андреевна. Уж очень много мы грешили …

5 **по́шлый:** abgeschmackt, vulgär.
7 **зарыда́ть** (v.): in Tränen ausbrechen.
8 **заму́чить** (v.): quälen, zur Verzweiflung bringen.
9 **ба́ба:** hier: Memme.
20 **обвали́ться** (v.): zusammenstürzen.
22 **Круазе́ в середи́ну:** Croisée in die Mitte (Billard).
23 f. **греши́ть** (uv.): sündigen.

Лопахин. Какие у вас грехи …

Гаев *(кладет в рот леденец)*. Говорят, что я все свое состояние проел на леденцах … *(Смеется.)*

Любовь Андреевна. О, мои грехи … Я всегда сорила деньгами без удержу, как сумасшедшая, и вышла замуж за человека, который делал одни только долги. Муж мой умер от шампанского, – он страшно пил, – и на несчастье я полюбила другого, сошлась, и как раз в это время, – это было первое наказание, удар прямо в голову, – вот тут на реке … утонул мой мальчик, и я уехала за границу, совсем уехала, чтобы никогда не возвращаться, не видеть этой реки … Я закрыла глаза, бежала, себя не помня, а *он* за мной … безжалостно, грубо. Купила я дачу возле Ментоны, так как *он* заболел там, и три года я не знала отдыха ни днем, ни ночью; больной измучил меня, душа моя высохла. А в прошлом году, когда дачу продали за долги, я уехала в Париж, и там он обобрал меня, бросил, сошелся с другой, я пробовала отравиться … Так глупо, так стыдно … И потянуло вдруг

1 **грех:** Sünde.
3 **состоя́ние:** Vermögen.
прое́сть (v.): aufessen, investieren.
5 **без у́держу:** hemmungslos.
9 **сойти́сь** (v.): hier: zusammenleben.
15 **безжа́лостный:** erbarmungslos, unbarmherzig.
18 **вы́сохнуть** (v.): vertrocknen, ausdörren; lädieren.
20 **обобра́ть** (v.): ausplündern.
21 **отрави́ться** (v.): sich vergiften.
22 **потяну́ть** (v.): anfangen zu ziehen.

в Россию, на родину, к девочке моей … *(Утирает слезы.)* Господи, господи, будь милостив, прости мне грехи мои! Не наказывай меня больше! *(Достает из кармана телеграмму.)* Получила сегодня из Парижа … Просит прощения, умоляет вернуться … *(Рвет телеграмму.)* Словно где-то музыка. *(Прислушивается.)*

Гаев. Это наш знаменитый еврейский оркестр. Помнишь, четыре скрипки, флейта и контрабас.

Любовь Андреевна. Он еще существует? Его бы к нам зазвать как-нибудь, устроить вечерок.

Лопахин *(прислушивается)*. Не слыхать … *(Тихо напевает.)* «И за деньги русака немцы офранцузят». *(Смеется.)* Какую я вчера пьесу смотрел в театре, очень смешно.

Любовь Андреевна. И, наверное, ничего нет смешного. Вам не пьесы смотреть, а смотреть бы почаще на самих себя. Как вы все серо живете, как много говорите ненужного.

Лопахин. Это правда. Надо прямо говорить, жизнь у нас дурацкая …

(Пауза.)

Мой папаша был мужик, идиот, ничего не понимал, меня не учил, а только бил спьяна, и

11 **зазва́ть** (v.): einladen, engagieren.
устро́ить (v.): arrangieren, veranstalten.
вечеро́к: kleine Abendveranstaltung, kleine Gesellschaft.

13 f. **за де́ньги русака́ не́мцы офранцу́зят:** für Geld machen die Deutschen einen Russen zum Franzosen.

21 **дура́цкий:** blöd, idiotisch.

24 **спья́на** (umg.): im Suff.

все палкой. В сущности, и я такой же болван и идиот. Ничему не обучался, почерк у меня скверный, пишу я так, что от людей совестно, как свинья.

Любовь Андреевна. Жениться вам нужно, мой друг.

Лопахин. Да … Это правда.

Любовь Андреевна. На нашей бы Варе. Она хорошая девушка.

Лопахин. Да.

Любовь Андреевна. Она у меня из простых, работает целый день, а главное, вас любит. Да и вам-то давно нравится.

Лопахин. Что же? Я не прочь … Она хорошая девушка.

(Пауза.)

Гаев. Мне предлагают место в банке. Шесть тысяч в год … Слыхала?

Любовь Андреевна. Где тебе! Сиди уж …

(Фирс входит; он принес пальто.)

Фирс *(Гаеву)*. Извольте, сударь, надеть, а то сыро.

Гаев *(надевает пальто)*. Надоел ты, брат.

Фирс. Нечего там … Утром уехали, не сказавшись. *(Оглядывает его.)*

1 **па́лка:** Stock.
болва́н: Schwätzer, Strohkopf, Blödian.
2 **по́черк:** Handschrift.
3 **скве́рный:** abscheulich.
со́вестно: peinlich.
19 **где тебе́:** hier: was willst du denn da.
21 **су́дарь** (m.): mein Herr.

Любовь Андреевна. Как ты постарел, Фирс!

Фирс. Чего изволите?

Лопахин. Говорят, ты постарел очень!

Фирс. Живу давно. Меня женить собирались, а вашего папаши еще на свете не было … *(Смеется.)* А воля вышла, я уже старшим камердинером был. Тогда я не согласился на волю, остался при господах …

(Пауза.)

И помню, все рады, а чему рады, и сами не знают.

Лопахин. Прежде очень хорошо было. По крайней мере, драли.

Фирс *(не расслышав)*. А еще бы. Мужики при господах, господа при мужиках, а теперь все враздробь, не поймешь ничего.

Гаев. Помолчи, Фирс. Завтра мне нужно в город. Обещали познакомить с одним генералом, который может дать под вексель.

Лопахин. Ничего у вас не выйдет. И не заплатите вы процентов, будьте покойны.

Любовь Андреевна. Это он бредит. Никаких генералов нет.

(Входят Трофимов, Аня и Варя.)

Гаев. А вот и наши идут.

Аня. Мама сидит.

6 **во́ля:** Freiheit, Bauernbefreiung. Firs spielt hier auf die offizielle Aufhebung der Leibeigenschaft 1861 an.
13 **драть** (uv.): prügeln.
14 **ещё бы** (umg.): und ob; selbstverständlich.
16 **враздро́бь** (umg., alt): durcheinander, ungeordnet.
22 **бре́дить** (-е́жу, -е́дишь; uv.): phantasieren.

Любовь Андреевна *(нежно)*. Иди, иди … Родные мои … *(Обнимая Аню и Варю.)* Если бы вы обе знали, как я вас люблю. Садитесь рядом, вот так.

(Все усаживаются.)

Лопахин. Наш вечный студент все с барышнями ходит.

Трофимов. Не ваше дело.

Лопахин. Ему пятьдесят лет скоро, а он все еще студент.

Трофимов. Оставьте ваши дурацкие шутки.

Лопахин. Что же ты, чудак, сердишься?

Трофимов. А ты не приставай.

Лопахин *(смеется)*. Позвольте вас спросить, как вы обо мне понимаете?

Трофимов. Я, Ермолай Алексеич, так понимаю: вы богатый человек, будете скоро миллионером. Вот как в смысле обмена веществ нужен хищный зверь, который съедает все, что попадается ему на пути, так и ты нужен.

(Все смеются.)

Варя. Вы, Петя, расскажите лучше о планетах.

Любовь Андреевна. Нет, давайте продолжим вчерашний разговор.

Трофимов. О чем это?

5 **уса́живаться** (uv.): Platz nehmen.
12 **чуда́к:** komischer Kerl, Komiker.
13 **пристава́ть** (uv.): belästigen.
18 **обме́н веще́ств:** Stoffwechsel; hier: Kreislauf.
19 **хи́щный зверь:** Raubtier.
съеда́ть (uv.): verschlingen, auffressen.
19f. **попада́ться** (uv.): über den Weg laufen, in die Hände fallen.

Гаев. О гордом человеке.

Трофимов. Мы вчера говорили долго, но ни к чему не пришли. В гордом человеке, в вашем смысле, есть что-то мистическое. Быть может, вы и правы по-своему, но если рассуждать попросту, без затей, то какая там гордость, есть ли в ней смысл, если человек физиологически устроен неважно, если в своем громадном большинстве он груб, неумен, глубоко несчастлив. Надо перестать восхищаться собой. Надо бы только работать.

Гаев. Все равно умрешь.

Трофимов. Кто знает? И что значит – умрешь? Быть может, у человека сто чувств и со смертью погибают только пять, известных нам, а остальные девяносто пять остаются живы.

Любовь Андреевна. Какой вы умный, Петя! …

Лопахин *(иронически)*. Страсть!

Трофимов. Человечество идет вперед, совершенствуя свои силы. Все, что недосягаемо для него теперь, когда-нибудь станет близким, понятным, только вот надо работать, помогать всеми силами тем, кто ищет истину. У нас, в России, работают пока очень немногие. Громадное

5 **по́просту:** ohne Umstände, einfach.

6 **без зате́й:** ohne Umwege, ohne Hintergedanken (зате́я: Einfall, Vorhaben).

8 **нева́жный:** nicht besonders gut, unzureichend.

14 **чу́вства** (Pl.): Sinne.

20 **недосяга́емый:** unerreichbar.

23 **и́стина:** Wahrheit.

большинство той интеллигенции, какую я знаю, ничего не ищет, ничего не делает и к труду пока не способно. Называют себя интеллигенцией, а прислуге говорят «ты», с мужиками обращаются как с животными, учатся плохо, серьезно ничего не читают, ровно ничего не делают, о науках только говорят, в искусстве понимают мало. Все серьезны, у всех строгие лица, все говорят только о важном, философствуют, а между тем у всех на глазах рабочие едят отвратительно, спят без подушек, по тринадцати, по сорока в одной комнате, везде клопы, смрад, сырость, нравственная нечистота … И, очевидно, все хорошие разговоры у нас для того только, чтобы отвести глаза себе и другим. Укажите мне, где у нас ясли, о которых говорят так много и часто, где читальни? О них только в романах пишут, на деле же их нет совсем. Есть только грязь, пошлость, азиатчина … Я боюсь и не люблю очень серьезных физиономий, боюсь серьезных разговоров. Лучше помолчим!

Лопахин. Знаете, я встаю в пятом часу утра, работаю с утра до вечера, ну, у меня постоянно деньги свои и чужие, и я вижу, какие кругом

12 **клоп:** Wanze.
смрад: Gestank.
13 **сы́рость:** Feuchtigkeit.
16 **я́сли** (Pl.): Kinderkrippe.
17 **чита́льня:** Lesesaal.
19 **по́шлость:** Niedrigkeit, Gemeinheit, Trivialität.
азиа́тчина: hier: asiatische Zustände; Chaos.

люди. Надо только начать делать что-нибудь, чтобы понять, как мало честных, порядочных людей. Иной раз, когда не спится, я думаю: господи, ты дал нам громадные леса, необъятные поля, глубочайшие горизонты, и, живя тут, мы сами должны бы по-настоящему быть великанами …

Любовь Андреевна. Вам понадобились великаны … Они только в сказках хороши, а так они пугают. *(В глубине сцены проходит Епиходов и играет на гитаре.)*

(Задумчиво.) Епиходов идет …

Аня *(задумчиво)*. Епиходов идет …

Гаев. Солнце село, господа.

Трофимов. Да.

Гаев *(негромко, как бы декламируя)*. О природа, дивная, ты блещешь вечным сиянием, прекрасная и равнодушная, ты, которую мы называем матерью, сочетаешь в себе бытие и смерть, ты живишь и разрушаешь …

Варя *(умоляюще)*. Дядечка!

Аня. Дядя, ты опять!

Трофимов. Вы лучше желтого в середину дуплетом.

Гаев. Я молчу, молчу.

4 **необъя́тный:** unermesslich groß.
6f. **велика́н:** Riese.
8 **пона́добиться** (v.): benötigen, brauchen.
17 **ди́вный:** wunderbar.
19 **сочета́ть** (uv.): vereinigen.

(Все сидят, задумались. Тишина. Слышно только, как тихо бормочет Фирс. Вдруг раздается отдаленный звук, точно с неба, звук лопнувшей струны, замирающий, печальный.)

Любовь Андреевна. Это что?

Лопахин. Не знаю. Где-нибудь далеко в шахтах сорвалась бадья. Но где-нибудь очень далеко.

Гаев. А может быть, птица какая-нибудь … вроде цапли.

Трофимов. Или филин …

Любовь Андреевна *(вздрагивает)*. Неприятно почему-то.

(Пауза.)

Фирс. Перед несчастьем тоже было: и сова кричала, и самовар гудел бесперечь.

Гаев. Перед каким несчастьем?

Фирс. Перед волей.

(Пауза.)

Любовь Андреевна. Знаете, друзья, пойдемте, уже вечереет. *(Ане.)* У тебя на глазах слезы … Что ты, девочка? *(Обнимает ее.)*

3 **отдалённый:** entfernt.
ло́пнуть (v.): zerreißen.
4 **замира́ть** (uv.): verklingen.
7 **сорва́ться** (v.): hinabstürzen, sich losreißen.
бадья́: Förderkorb.
9 **ца́пля:** Reiher.
10 **фи́лин:** Uhu.
14 **сова́:** Eule.
15 **гуде́ть** (uv.): summen.
бе́сперечь (alt.): ständig, immerzu.

Аня. Это так, мама. Ничего.

Трофимов. Кто-то идет.

(Показывается прохожий в белой потасканной фуражке, в пальто; он слегка пьян.)

Прохожий. Позвольте вас спросить, могу ли я пройти здесь прямо на станцию?

Гаев. Можете. Идите по этой дороге.

Прохожий. Чувствительно вам благодарен. *(Кашлянув.)* Погода превосходная … *(Декламирует.)* Брат мой, страдающий брат … выдь на Волгу, чей стон … *(Варе.)* Мадемуазель, позвольте голодному россиянину копеек тридцать …

(Варя испугалась, вскрикивает.)

Лопахин *(сердито)*. Всякому безобразию есть свое приличие!

Любовь Андреевна *(оторопев)*. Возьмите … вот вам … *(Ищет в портмоне.)* Серебра нет … Все равно, вот вам золотой …

3 **пота́сканный:** verschlissen.

9 **превосхо́дный:** herrlich.

10f. **Брат мой, страда́ющий брат … выдь на Во́лгу, чей стон …:** выдь = вы́йди, Imp. von вы́йти ›hinausgehen‹; стон: Stöhnen. – Der Spaziergänger vermischt hier zwei Gedichtzitate: Während der erste, ungenau rezitierte Teil sich auf das Gedicht »Брат мой, страдающий брат« (1881) von Semën Nadson (1862–1887) bezieht, stammt der zweite Teil aus dem Gedicht »Размышления у парадного подъезда« (1858) von Nikolaj Nekrasov (1821–1878). Beide Lyriker waren in ihrer Zeit äußerst populär.

14 **безобра́зие:** Unfug, Blödsinn.

15 **прили́чие:** Anstand, Benehmen; hier: Grenze.

16 **оторопе́ть** (v.): fassungslos werden.

Прохожий. Чувствительно вам благодарен! *(Уходит.)*

(Смех.)

Варя *(испуганная)*. Я уйду … я уйду … Ах, мамочка, дома людям есть нечего, а вы ему отдали золотой.

Любовь Андреевна. Что ж со мной, глупой, делать! Я тебе дома отдам все, что у меня есть. Ермолай Алексеич, дадите мне еще взаймы! …

Лопахин. Слушаю.

Любовь Андреевна. Пойдемте, господа, пора. А тут, Варя, мы тебя совсем просватали, поздравляю.

Варя *(сквозь слезы)*. Этим, мама, шутить нельзя.

Лопахин. Охмелия, иди в монастырь …

Гаев. А у меня дрожат руки: давно не играл на биллиарде.

Лопахин. Охмелия, о нимфа, помяни меня в твоих молитвах!

12 **просва́тать** (v.) (zur Ehefrau) versprechen, an den Mann / unter die Haube bringen.

15 **Охме́лия, иди́ в монасты́рь:** Ochmelija (= Ophelia), geh in ein Kloster. – Dieses verballhornte Zitat aus der russischen Übersetzung von Shakespeares *Hamlet* (III,1) spielt auf охме́лие ›Berauschtsein, Trunkenheit‹ an.

18 f. **Охме́лия, о ни́мфа, помяни́ меня́ в твои́х моли́твах!:** Ochmelija, o Nymphe, gedenke meiner in deinen Gebeten. – Lopachins leicht geänderte russische Version aus Hamlets Monolog (III,1): »The fair Ophelia! – Nymph, in thy orisons / Be all my sins rememb'red«). In der deutschen Hamlet-Übersetzung von August Wilhelm Schlegel heißt es: »Die reizende Ophelia. – Nymphe, schließ in dein Gebet all meine Sünden ein!«

Любовь Андреевна. Идемте, господа. Скоро ужинать.

Варя. Напугал он меня. Сердце так и стучит.

Лопахин. Напоминаю вам, господа: двадцать второго августа будет продаваться вишневый сад. Думайте об этом! … Думайте! …

(Уходят все, кроме Трофимова и Ани.)

Аня *(смеясь)*. Спасибо прохожему, напугал Варю, теперь мы одни.

Трофимов. Варя боится, а вдруг мы полюбим друг друга, и целые дни не отходит от нас. Она своей узкой головой не может понять, что мы выше любви. Обойти то мелкое и призрачное, что мешает быть свободным и счастливым, – вот цель и смысл нашей жизни. Вперед! Мы идем неудержимо к яркой звезде, которая горит там вдали! Вперед! Не отставай, друзья!

Аня *(всплескивая руками)*. Как хорошо вы говорите!

(Пауза.)

Сегодня здесь дивно!

Трофимов. Да, погода удивительная.

Аня. Что вы со мной сделали, Петя, отчего я уже не люблю вишневого сада, как прежде. Я любила его так нежно, мне казалось, на земле нет лучше места, как наш сад.

12 **у́зкий:** eng(stirnig), beschränkt.
13 **при́зрачный:** trügerisch, illusorisch.
15 f. **неудержи́мый:** unaufhaltsam.
18 **всплёскивать** (uv.) **рука́ми:** in die Hände klatschen.

Трофимов. Вся Россия наш сад. Земля велика и прекрасна, есть на ней много чудесных мест. *(Пауза.)*
Подумайте, Аня: ваш дед, прадед и все ваши предки были крепостники, владевшие живыми душами, и неужели с каждой вишни в саду, с каждого листка, с каждого ствола не глядят на вас человеческие существа, неужели вы не слышите голосов … Владеть живыми душами – ведь это переродило всех вас, живших раньше и теперь живущих, так что ваша мать, вы, дядя уже не замечаете, что вы живете в долг, на чужой счет, на счет тех людей, которых вы не пускаете дальше передней … Мы отстали по крайней мере лет на двести, у нас нет еще ровно ничего, нет определенного отношения к прошлому, мы только философствуем, жалуемся на тоску или пьем водку. Ведь так ясно, чтобы начать жить в настоящем, надо сначала искупить наше прошлое, покончить с ним, а искупить его можно только страданием, только необычайным, непрерывным трудом. Поймите это, Аня.

4 **пра́дед:** Urgroßvater.
5 **крепостни́к:** Anhänger der Leibeigenschaft.
5 f. **живы́е ду́ши:** lebende Seelen; gemeint: Leibeigene.
7 **ствол:** Stamm.
10 **переро́дить** (v.): völlig verändern.
12 **жить** (uv.) **в долг:** auf Pump leben.
17 f. **жа́ловаться** (uv.): klagen.
21 **искупи́ть** (v.): sühnen.
22 **непреры́вный:** ununterbrochen.

Аня. Дом, в котором мы живем, давно уже не наш дом, и я уйду, даю вам слово.

Трофимов. Если у вас есть ключи от хозяйства, то бросьте их в колодец и уходите. Будьте свободны, как ветер.

Аня *(в восторге)*. Как хорошо вы сказали!

Трофимов. Верьте мне, Аня, верьте! Мне еще нет тридцати, я молод, я еще студент, но я уже столько вынес! Как зима, так я голоден, болен, встревожен, беден, как нищий, и – куда только судьба не гоняла меня, где я только не был! И все же душа моя всегда, во всякую минуту, и днем и ночью, была полна неизъяснимых предчувствий. Я предчувствую счастье, Аня, я уже вижу его …

Аня *(задумчиво)*. Восходит луна.

(Слышно, как Епиходов играет на гитаре все ту же грустную песню. Восходит луна. Где-то около тополей Варя ищет Аню и зовет: «Аня! Где ты?»)

Трофимов. Да, восходит луна.

(Пауза.)

Вот оно счастье, вот оно идет, подходит все ближе и ближе, я уже слышу его шаги. И если мы не увидим, не узнаем его, то что за беда? Его увидят другие!

9 **вы́нести** (v.): ertragen, durchmachen.
10 **встрево́женный:** beunruhigt.
ни́щий: Bettler.
13 **неизъясни́мый:** unerklärlich, unbegreiflich.
13f. **предчу́вствие:** Vorahnung.

(Голос Вари: «Аня! Где ты?»)

Опять эта Варя! *(Сердито.)* Возмутительно!

Аня. Что ж? Пойдемте к реке. Там хорошо.

Трофимов. Пойдемте.

(Идут. Голос Вари: «Аня! Аня!»)

(Занавес)

2 **возмути́тельный:** empörend.

Действие третье

Гостиная, отделенная аркой от залы. Горит люстра. Слышно, как в передней играет еврейский оркестр, тот самый, о котором упоминается во втором акте. Вечер. В зале танцуют grand-rond. Голос Симеонова-Пищика: «Promenade à une paire!» Выходят в гостиную: в первой паре Пищик и Шарлотта Ивановна, во второй – Трофимов и Любовь Андреевна, в третьей – Аня с почтовым чиновником, в четвертой – Варя с начальником станции и т. д. Варя тихо плачет и, танцуя, утирает слезы. В последней паре Дуняша. Идут по гостиной, Пищик кричит: «Grand-rond, balancez!» и «Les cavaliers à genoux et remerciez vos dames». Фирс во фраке проносит на подносе сельтерскую воду. Входят в гостиную Пищик и Трофимов.

Пищик. Я полнокровный, со мной уже два раза удар был, танцевать трудно, но, как говорится, попал в стаю, лай не лай, а хвостом виляй.

2 **отдели́ть:** abtrennen.
а́рка: (Gewölbe-)Bogen.
3 **лю́стра:** Kronleuchter, Lüster.
12 **утира́ть** (uv.): abwischen.
16 **подно́с:** Tablett.
18 **полнокро́вный:** vollblütig. Hier scheint Piščik auf seinen hohen Blutdruck anzuspielen.
19 **уда́р:** hier: Schlaganfall.
20 **попа́л в ста́ю, лай не лай, а хвосто́м виля́й:** wenn du in ein Rudel / eine Meute gefallen bist, belle oder belle nicht,

Здоровье-то у меня лошадиное. Мой покойный родитель, шутник, царство небесное, насчет нашего происхождения говорил так, будто древний род наш Симеоновых-Пищиков происходит будто бы от той самой лошади, которую Калигула посадил в сенате … *(Садится.)* Но вот беда: денег нет! Голодная собака верует только в мясо … *(Храпит и тотчас же просыпается.)* Так и я … могу только про деньги …

Трофимов. А у вас в фигуре в самом деле есть что-то лошадиное.

Пищик. Что ж … лошадь хороший зверь … Лошадь продать можно …

(Слышно, как в соседней комнате играют на биллиарде. В зале под аркой показывается Варя.)

Трофимов *(дразнит)*. Мадам Лопахина! Мадам Лопахина! …

Варя *(сердито)*. Облезлый барин!

Трофимов. Да, я облезлый барин и горжусь этим!

Варя *(в горьком раздумье)*. Вот наняли музыкантов, а чем платить? *(Уходит.)*

Трофимов *(Пищику)*. Если бы энергия, которую вы в течение всей вашей жизни затратили на поиски денег для уплаты процентов, пошла у вас на что-нибудь другое, то, вероятно, в конце концов вы могли бы перевернуть землю.

aber wedle mit dem Schwanz; d.h.: du musst mit den Wölfen heulen.

21 **нанять** (v.): in Dienst nehmen, engagieren.

27 **перевернуть** (v.) **землю:** die Welt aus den Angeln heben.

Пищик. Ницше … философ … величайший, знаменитейший … громадного ума человек, говорит в своих сочинениях, будто фальшивые бумажки делать можно.

Трофимов. А вы читали Ницше?

Пищик. Ну … Мне Дашенька говорила. А я теперь в таком положении, что хоть фальшивые бумажки делай … Послезавтра триста десять рублей платить … Сто тридцать уже достал … *(Ощупывает карманы, встревоженно.)* Деньги пропали! Потерял деньги! *(Сквозь слезы.)* Где деньги? *(Радостно.)* Вот они, за подкладкой … Даже в пот ударило …

(Входят Любовь Андреевна и Шарлотта Ивановна.)

Любовь Андреевна *(напевает лезгинку)*. Отчего так долго нет Леонида? Что он делает в городе? *(Дуняше.)* Дуняша, предложите музыкантам чаю …

Трофимов. Торги не состоялись, по всей вероятности.

Любовь Андреевна. И музыканты пришли некста-

1 **Ни́цше:** Friedrich Nietzsche (1844–1900), einer der Wortführer des europäischen Nihilismus, hatte, wie viele andere westeuropäische Philosophen seiner Zeit, nicht unbeträchtlichen Einfluss auf russische Intellektuelle.

7f. **фальши́вые бума́жки:** falsche Geldscheine, Falschgeld.

10 **ощу́пывать** (uv.): abtasten.

12 **подкла́дка:** Futter (Kleidung).

13 **уда́рить** (v.) **в пот:** in Schweiß ausbrechen.

16 **лезги́нка:** Lesginka (kaukasischer Tanz).

ти, и бал мы затеяли некстати … Ну, ничего … *(Садится и тихо напевает.)*

Шарлотта *(подает Пищику колоду карт)*. Вот вам колода карт, задумайте какую-нибудь одну карту.

Пищик. Задумал.

Шарлотта. Тасуйте теперь колоду. Очень хорошо. Дайте сюда, о мой милый господин Пищик. Ein, zwei, drei! Теперь поищите, она у вас в боковом кармане …

Пищик *(достает из бокового кармана карту)*. Восьмерка пик, совершенно верно! *(Удивляясь.)* Вы подумайте!

Шарлотта *(держит на ладони колоду карт, Трофимову)*. Говорите скорее, какая карта сверху?

Трофимов. Что ж? Ну, дама пик.

Шарлотта. Есть! *(Пищику.)* Ну? Какая карта сверху?

Пищик. Туз червовый.

Шарлотта. Есть! … *(Бьет по ладони, колода карт исчезает.)* А какая сегодня хорошая погода! *(Ей отвечает таинственный женский голос, точно из-под пола: «О да, погода великолепная, сударыня».)*

1 **затéять** (v.): arrangieren, organisieren.
3 **колóда карт:** Kartenspiel, ein Satz Karten.
6 **тасовáть** (uv.): mischen.
8 **поискáть** (-ищý, -и́щешь; v.): suchen, nachsehen.
10 **боковóй кармáн:** Seitentasche.
11 **восьмёрка пик:** Pique acht.
18 **туз червóвый:** Herz As.
22 **пол:** Untergrund.

Вы такой хороший мой идеал …
(Голос: «Вы, сударыня, мне тоже очень понравился».)

НАЧАЛЬНИК СТАНЦИИ *(аплодирует)*. Госпожа чревовещательница, браво!

ПИЩИК *(удивляясь)*. Вы подумайте! Очаровательнейшая Шарлотта Ивановна … я просто влюблен …

ШАРЛОТТА. Влюблен? *(Пожав плечами.)* Разве вы можете любить? Guter Mensch, aber schlechter Musikant.

ТРОФИМОВ *(хлопает Пищика по плечу)*. Лошадь вы этакая.

ШАРЛОТТА. Прошу внимания, еще один фокус. *(Берет со стула плед.)* Вот очень хороший плед, я желаю продавать … *(Встряхивает.)* Не желает ли кто покупать?

ПИЩИК *(удивляясь)*. Вы подумайте!

ШАРЛОТТА. Ein, zwei, drei! *(Быстро поднимает опущенный плед. (За пледом стоит Аня; она делает реверанс, бежит к матери, обнимает ее и убегает назад в залу при общем восторге.)*

ЛЮБОВЬ АНДРЕЕВНА *(аплодирует)*. Браво, браво! …

ШАРЛОТТА. Теперь еще! Ein, zwei, drei!

2 **суда́рыня:** Madame, gnädige Frau.
4f. **чревовеща́тельница:** Bauchrednerin.
6f. **очарова́тельный:** bezaubernd.
10f. **Guter Mensch, aber schlechter Musikant:** Zitat aus dem Lustspiel *Ponce de Leon* (1804) von Clemens von Brentano.
16 **встря́хивать** (uv.): schütteln.
21 **де́лать** (uv.) **ревера́нс:** sich verbeugen.

(Поднимает плед; за пледом стоит Варя и кланяется.)

Пищик *(удивляясь)*. Вы подумайте!

Шарлотта. Конец! *(Бросает плед на Пищика, делает реверанс и убегает в залу.)*

Пищик *(спешит за ней)*. Злодейка … какова? Какова? *(Уходит.)*

Любовь Андреевна. А Леонида все нет. Что он делает в городе, так долго, не понимаю! Ведь все уже кончено там, имение продано или торги не состоялись, зачем же так долго держать в неведении!

Варя *(стараясь ее утешить)*. Дядечка купил, я в этом уверена.

Трофимов *(насмешливо)*. Да.

Варя. Бабушка прислала ему доверенность, чтобы он купил на ее имя с переводом долга. Это она для Ани. И я уверена, бог поможет, дядечка купит.

Любовь Андреевна. Ярославская бабушка прислала пятнадцать тысяч, чтобы купить имение на ее имя, – нам она не верит, – а этих денег не хватило бы даже проценты заплатить. *(Закрывает лицо руками.)* Сегодня судьба моя решается, судьба …

Трофимов *(дразнит Варю)*. Мадам Лопахина!

6 **злоде́йка:** Biest, Früchtchen.
12 **неве́дение:** Unwissenheit.
16 **дове́ренность:** Vollmacht.
17 **перево́д:** Übertragung.

Варя *(сердито)*. Вечный студент! Уже два раза увольняли из университета.

Любовь Андреевна. Что же ты сердишься, Варя? Он дразнит тебя Лопахиным, ну что ж? Хочешь – выходи за Лопахина, он хороший, интересный человек. Не хочешь – не выходи; тебя, дуся, никто не неволит …

Варя. Я смотрю на это дело серьезно, мамочка, надо прямо говорить. Он хороший человек, мне нравится.

Любовь Андреевна. И выходи. Что же ждать, не понимаю!

Варя. Мамочка, не могу же я сама делать ему предложение. Вот уже два года все мне говорят про него, все говорят, а он или молчит или шутит. Я понимаю. Он богатеет, занят делом, ему не до меня. Если бы были деньги, хоть немного, хоть бы сто рублей, бросила бы я все, ушла бы подальше. В монастырь бы ушла.

Трофимов. Благолепие!

Варя *(Трофимову)*. Студенту надо быть умным! *(Мягким тоном, со слезами.)* Какой вы стали некрасивый, Петя, как постарели! *(Любови Андреевне, уже не плача.)* Только вот без дела не могу, мамочка. Мне каждую минуту надо что-нибудь делать.

(Входит Яша.)

2 **увольня́ть** (uv.): jdn. eines Ortes verweisen, entlassen.
6 **ду́ся:** Kindchen.
7 **нево́лить** (uv.): zwingen.
16 **богате́ть** (uv.): reich werden.
17 **хоть:** wenigstens.

Яша *(едва удерживаясь от смеха)*. Епиходов биллиардный кий сломал! … *(Уходит.)*

Варя. Зачем же Епиходов здесь? Кто ему позволил на биллиарде играть? Не понимаю этих людей … *(Уходит.)*

Любовь Андреевна. Не дразните ее, Петя, вы видите, она и без того в горе.

Трофимов. Уж очень она усердная, не в свое дело суется. Все лето не давала покоя ни мне, ни Ане, боялась, как бы у нас романа не вышло. Какое ей дело? И к тому же я вида не подавал, я так далек от пошлости. Мы выше любви!

Любовь Андреевна. А я вот, должно быть, ниже любви. *(В сильном беспокойстве.)* Отчего нет Леонида? Только бы знать: продано имение или нет? Несчастье представляется мне до такой степени невероятным, что даже как-то не знаю, что думать, теряюсь … Я могу сейчас крикнуть … могу глупость сделать. Спасите меня, Петя. Говорите же что-нибудь, говорите …

Трофимов. Продано ли сегодня имение или не продано – не все ли равно? С ним давно уже покончено, нет поворота назад, заросла дорожка. Успокойтесь, дорогая. Не надо обма-

1f. **биллиа́рдный кий:** Billard-Queue.

8 **усе́рдный:** fleißig, eifrig.

8f. **не в своё де́ло сова́ться** (сую́сь, -ёшься; uv.): sich in fremde Angelegenheiten einmischen.

11 **ви́да не подава́ть** (uv.): nicht den Anschein erwecken.

18 **теря́ться** (uv.): die Fassung verlieren, verwirrt sein.

23 **зарасти́** (-сту́, -стёшь; -росла́; v.): zuwachsen.

нывать себя, надо хоть раз в жизни взглянуть правде прямо в глаза.

Любовь Андреевна. Какой правде? Вы видите, где правда и где неправда, а я точно потеряла зрение, ничего не вижу. Вы смело решаете все важные вопросы, но скажите, голубчик, не потому ли это, что вы молоды, что вы не успели перестрадать ни одного вашего вопроса? Вы смело смотрите вперед, и не потому ли, что не видите и не ждете ничего страшного, так как жизнь еще скрыта от ваших молодых глаз? Вы смелее, честнее, глубже нас, но вдумайтесь, будьте великодушны хоть на кончике пальца, пощадите меня. Ведь я родилась здесь, здесь жили мои отец и мать, мой дед, я люблю этот дом, без вишневого сада я не понимаю своей жизни, и если уж так нужно продавать, то продавайте и меня вместе с садом … *(Обнимает Трофимова, целует его в лоб.)* Ведь мой сын утонул здесь … *(Плачет.)* Пожалейте меня, хороший, добрый человек.

Трофимов. Вы знаете, я сочувствую всей душой.

Любовь Андреевна. Но надо иначе, иначе это сказать … *(Вынимает платок, на пол падает телеграмма.)* У меня сегодня тяжело на душе, вы не можете себе представить. Здесь мне шумно, дрожит душа от каждого звука, я вся дрожу, а уйти к себе не могу, мне одной в

8 **перестрада́ть** (v.): erdulden, durchleiden.
13 **великоду́шный:** großmütig, großzügig.
14 **пощади́ть** (v.): Erbarmen haben.

тишине страшно. Не осуждайте меня, Петя … Я вас люблю, как родного. Я охотно бы отдала за вас Аню, клянусь вам, только, голубчик, надо же учиться, надо курс кончить. Вы ничего не делаете, только судьба бросает вас с места на место, так это странно … Не правда ли? Да? И надо же что-нибудь с бородой сделать, чтобы она росла как-нибудь … *(Смеется.)* Смешной вы!

Трофимов *(поднимает телеграмму)*. Я не желаю быть красавцем.

Любовь Андреевна. Это из Парижа телеграмма. Каждый день получаю. И вчера, и сегодня. Этот дикий человек опять заболел, опять с ним нехорошо … Он просит прощения, умоляет приехать, и по-настоящему мне следовало бы съездить в Париж, побыть возле него. У вас, Петя, строгое лицо, но что же делать, голубчик мой, что мне делать, он болен, он одинок, несчастлив, а кто там поглядит за ним, кто удержит его от ошибок, кто даст ему вовремя лекарство? И что ж тут скрывать или молчать, я люблю его, это ясно. Люблю, люблю … Это камень на моей шее, я иду с ним на дно, но я люблю этот камень и жить без него не могу. *(Жмет Трофимову руку.)* Не думайте дурно, Петя, не говорите мне ничего, не говорите …

Трофимов *(сквозь слезы)*. Простите за откровенность бога ради: ведь он обобрал вас!

21 **удержа́ть** (-держу́, -де́ржишь; v.): zurückhalten.
24 **дно:** Grund, Boden.

Любовь Андреевна. Нет, нет, нет, не надо говорить так … *(Закрывает уши.)*

Трофимов. Ведь он негодяй, только вы одна не знаете этого! Он мелкий негодяй, ничтожество …

Любовь Андреевна *(рассердившись, но сдержанно)*. Вам двадцать шесть лет или двадцать семь, а вы все еще гимназист второго класса!

Трофимов. Пусть!

Любовь Андреевна. Надо быть мужчиной, в ваши годы надо понимать тех, кто любит. И надо самому любить … надо влюбляться! *(Сердито.)* Да, да! И у вас нет чистоты, а вы просто чистюлька, смешной чудак, урод …

Трофимов *(в ужасе)*. Что она говорит!

Любовь Андреевна. «Я выше любви!» Вы не выше любви, а просто, как вот говорит наш Фирс, вы недотепа. В ваши годы не иметь любовницы! …

Трофимов *(в ужасе)*. Это ужасно! Что она говорит?! *(Идет быстро в зал, схватив себя за голову.)* Это ужасно … Не могу. Я уйду … *(Уходит, но тотчас же возвращается.)* Между нами все кончено! *(Уходит в переднюю.)*

Любовь Андреевна *(кричит вслед)*. Петя, погодите! Смешной человек, я пошутила! Петя!

3 **негодя́й:** Schuft, Nichtsnutz.
4 f. **ничто́жество:** Nichts, Null.
13 f. **чистю́лька** (umg.): Saubermann, Biedermann.
14 **уро́д:** Missgeburt, Scheusal.
18 f. **любо́вница:** Geliebte.

(Слышно, как в передней кто-то быстро идет по лестнице и вдруг с грохотом падает вниз. Аня и Варя вскрикивают, но тотчас же слышится смех.)

Что там такое?

(Вбегает Аня.)

Аня *(смеясь)*. Петя с лестницы упал! *(Убегает.)*

Любовь Андреевна. Какой чудак этот Петя …

(Начальник станции останавливается среди залы и читает «Грешницу» А. Толстого. Его слушают, но едва он прочел несколько строк, как из передней доносятся звуки вальса, и чтение обрывается. Все танцуют. Проходят из передней Трофимов, Аня, Варя и Любовь Андреевна.)

Ну, Петя … ну, чистая душа … я прощения прошу … Пойдемте танцевать … *(Танцует с Петей.)*

(Аня и Варя танцуют. Фирс входит, ставит свою палку около боковой двери. Яша тоже вошел из гостиной, смотрит на танцы.)

Яша. Что, дедушка?

Фирс. Нездоровится. Прежде у нас на балах танцевали генералы, бароны, адмиралы, а теперь посылаем за почтовым чиновником и начальни-

2 **гро́хот:** Getöse, lauter Krach.

10 **гре́шница:** Sünderin. »Die Sünderin« (1858), Ballade von Aleksej T. Tolstoj (1817–1875), erfreute sich besonders bei Literaturlesungen großer Beliebtheit.

12 **доноси́ться** (uv.): herüberklingen, erklingen.

13 **обрыва́ться** (uv.): plötzlich aufhören, abbrechen.

23 **нездоро́виться** (uv.): sich krank/unwohl fühlen.

ком станции, да и те не в охотку идут. Что-то ослабел я. Барин покойный, дедушка, всех сургучом пользовал, от всех болезней. Я сургуч принимаю каждый день уже лет двадцать, а то и больше; может, я от него и жив.

Яша. Надоел ты, дед. *(Зевает.)* Хоть бы ты поскорее подох.

Фирс. Эх ты … недотепа! *(Бормочет.)*

(Трофимов и Любовь Андреевна танцуют в зале, потом в гостиной.)

Любовь Андреевна. Merci! Я посижу … *(Садится.)* Устала.

(Входит Аня.)

Аня *(взволнованно)*. А сейчас на кухне какой-то человек говорил, что вишневый сад уже продан сегодня.

Любовь Андреевна. Кому продан?

Аня. Не сказал, кому. Ушел. *(Танцует с Трофимовым, оба уходят в залу.)*

Яша. Это там какой-то старик болтал. Чужой.

Фирс. А Леонида Андреича еще нет, не приехал. Пальто на нем легкое, демисезон, того гляди простудится. Эх, молодо-зелено.

Любовь Андреевна. Я сейчас умру. Подите, Яша, узнайте, кому продано.

1 **охо́тка:** Lust, Vergnügen (охо́та).
2 f. **сургу́ч:** Siegellack.
7 **подо́хнуть** (-до́хну, -нешь; -до́х; v.): krepieren.
20 **болта́ть** (uv.): schwatzen, schwafeln.
22 **демисезо́н:** leichter Übergangsmantel.
23 **мо́лодо-зе́лено:** jung-grün; hier: Grünschnabel; diese Jugend.

Яша. Да он давно ушел, старик-то. *(Смеется.)*

Любовь Андреевна *(с легкой досадой)*. Ну, чему вы смеетесь? Чему рады?

Яша. Очень уж Епиходов смешной. Пустой человек. Двадцать два несчастья.

Любовь Андреевна. Фирс, если продадут имение, то куда ты пойдешь?

Фирс. Куда прикажете, туда и пойду.

Любовь Андреевна. Отчего у тебя лицо такое? Ты нездоров? Шел бы, знаешь, спать …

Фирс. Да … *(С усмешкой.)* Я уйду спать, а без меня тут кто подаст, кто распорядится? Один на весь дом.

Яша *(Любови Андреевне)*. Любовь Андреевна! Позвольте обратиться к вам с просьбой, будьте так добры! Если опять поедете в Париж, то возьмите меня с собой, сделайте милость. Здесь мне оставаться положительно невозможно. *(Оглядываясь, вполголоса.)* Что ж там говорить, вы сами видите, страна необразованная, народ безнравственный, притом скука, на кухне кормят безобразно, а тут еще Фирс этот ходит, бормочет разные неподходящие слова. Возьмите меня с собой, будьте так добры!

(Входит Пищик.)

12 **пода́ть** (-дам, -дашь; v.): servieren.
распоряди́ться (v.): schalten und walten, für Ordnung sorgen.

19 **вполго́лоса:** halblaut.

21 **прито́м:** außerdem.

22 **безобра́зный:** abscheulich.

23 **неподходя́щий:** unpassend, ungereimt.

Пищик. Позвольте просить вас … на вальсишку, прекраснейшая … *(Любовь Андреевна идет с ним.)* Очаровательная, все-таки сто восемьдесят рубликов я возьму у вас … Возьму … *(Танцует.)* Сто восемьдесят рубликов …

(Перешли в зал.)

Яша *(тихо напевает)*. «Поймешь ли ты души моей волненье …»

(В зале фигура в сером цилиндре и в клетчатых панталонах машет руками и прыгает; крики: «Браво, Шарлотта Ивановна!»)

Дуняша *(остановилась, чтобы попудриться)*. Барышня велит мне танцевать, – кавалеров много, а дам мало, – а у меня от танцев кружится голова, сердце бьется, Фирс Николаевич, а сейчас чиновник с почты такое мне сказал, что у меня дыхание захватило.

(Музыка стихает.)

Фирс. Что же он тебе сказал?

Дуняша. Вы, говорит, как цветок.

Яша *(зевает)*. Невежество … *(Уходит.)*

Дуняша. Как цветок … Я такая деликатная девушка, ужасно люблю нежные слова.

Фирс. Закрутишься ты.

(Входит Епиходов.)

7 f. **«Поймёшь ли ты души́ моей волне́нье …»:** Beginn einer damals populären Romanze von N. S. Rževskaja (1869).

9 f. **кле́тчатый:** kariert.

10 **панталóны** (Pl.): Hose.

17 **захвати́ть** (v.) **дыха́ние:** den Atem rauben.

21 **неве́жество:** Ignoranz, Unbildung.

24 **закрути́ться** (v.): sich wickeln; hier: sich einwickeln lassen.

Епиходов. Вы, Авдотья Федоровна, не желаете меня видеть … как будто я какое насекомое. *(Вздыхает.)* Эх, жизнь!

Дуняша. Что вам угодно?

Епиходов. Несомненно, может, вы и правы. *(Вздыхает.)* Но, конечно, если взглянуть с точки зрения, то вы, позволю себе так выразиться, извините за откровенность, совершенно привели меня в состояние духа. Я знаю свою фортуну, каждый день со мной случается какое-нибудь несчастье, и к этому я давно уже привык, так что с улыбкой гляжу на свою судьбу. Вы дали мне слово, и хотя я …

Дуняша. Прошу вас, после поговорим, а теперь оставьте меня в покое. Теперь я мечтаю. *(Играет веером.)*

Епиходов. У меня несчастье каждый день, и я, позволю себе так выразиться, только улыбаюсь, даже смеюсь.

(Входит из залы Варя.)

Варя. Ты все еще не ушел, Семен? Какой же ты, право, неуважительный человек. *(Дуняше.)* Ступай отсюда, Дуняша. *(Епиходову.)* То на бильярде играешь и кий сломал, то по гостиной расхаживаешь, как гость.

Епиходов. С меня взыскивать, позвольте вам выразиться, вы не можете.

16 **ве́ер:** Fächer.
22 **неуважи́тельный:** respektlos.
25 **расха́живать** (uv.): hin und her gehen.
26 **взы́скивать** (uv.; c + Gen.): von jdm. einfordern.

Варя. Я не взыскиваю с тебя, а говорю. Только и знаешь, что ходишь с места на место, а делом не занимаешься. Конторщика держим, а неизвестно – для чего.

Епиходов *(обиженно)*. Работаю ли я, хожу ли, кушаю ли, играю ли на биллиарде, про то могут рассуждать только люди понимающие и старшие.

Варя. Ты смеешь мне говорить это! *(Вспылив.)* Ты смеешь? Значит, я ничего не понимаю? Убирайся же вон отсюда! Сию минуту!

Епиходов *(струсив)*. Прошу вас выражаться деликатным способом.

Варя *(выйдя из себя)*. Сию же минуту вон отсюда! Вон!

(Он идет к двери, она за ним.)

Двадцать два несчастья! Чтобы духу твоего здесь не было! Чтобы глаза мои тебя не видели! *(Епиходов вышел, за дверью его голос: «Я на вас буду жаловаться.»)*

А, ты назад идешь? *(Хватает палку, поставленную около двери Фирсом.)* Иди … Иди … Иди, я тебе покажу … А, ты идешь? Идешь? Так вот же тебе … *(Замахивается.)*

(В это время входит Лопахин.)

9 **вспыли́ть** (v.): aufbrausen.
11 **вон отсю́да!:** raus hier!
сию́ мину́ту: sofort.
12 **стру́сить** (v.): Angst bekommen.
12 f. **делика́тный спо́соб:** höfliche Art und Weise.
24 **зама́хиваться** (uv.): zum Schlag ausholen.

Лопахин. Покорнейше благодарю.

Варя *(сердито и насмешливо)*. Виновата!

Лопахин. Ничего-с. Покорно благодарю за приятное угощение.

Варя. Не стоит благодарности. *(Отходит, потом оглядывается и спрашивает мягко.)* Я вас не ушибла?

Лопахин. Нет, ничего. Шишка, однако, вскочит огромадная.

(Голоса в зале: «Лопахин приехал! Ермолай Алексеич!»)

Пищик. Видом видать, слыхом слыхать … *(Целуется с Лопахиным.)* Коньячком от тебя попахивает, милый мой, душа моя. А мы тут тоже веселимся.

(Входит Любовь Андреевна.)

Любовь Андреевна. Это вы, Ермолай Алексеич? Отчего так долго? Где Леонид?

Лопахин. Леонид Андреич со мной приехал, он идет …

1 **поко́рный:** ergeben.
4 **угоще́ние:** Bewirtung.
7 **ушиби́ть** (-бу́, -бёшь; -ши́б; v.): verletzen, wehtun.
8 **ши́шка:** Beule.
вскочи́ть (v.): hier: sich (plötzlich) bilden.
9 **огрома́дный:** riesig (огро́мный, грома́дный).
12 **ви́дом вида́ть, слы́хом слыха́ть:** positive Abwandlung der negativ geprägten russischen Redensart »Видом не видать, слыхом не слыхать«, »So etwas habe ich weder gesehen noch gehört«.
13f. **попа́хивать** (uv.): unangenehm riechen.

Любовь Андреевна *(волнуясь)*. Ну, что? Были торги? Говорите же!

Лопахин *(сконфуженно, боясь обнаружить свою радость)*. Торги кончились к четырем часам … Мы к поезду опоздали, пришлось ждать до половины десятого. *(Тяжело вздохнув.)* Уф! У меня немножко голова кружится …

(Входит Гаев; в правой руке у него покупки, левой он утирает слезы.)

Любовь Андреевна. Леня, что? Леня, ну? *(Нетерпеливо, со слезами.)* Скорей же, бога ради …

Гаев *(ничего ей не отвечает, только машет рукой; Фирсу, плача)*. Вот возьми … Тут анчоусы, керченские сельди … Я сегодня ничего не ел … Столько я выстрадал!

(Дверь в биллиардную открыта; слышен стук шаров и голос Яши: «Семь и восемнадцать!» У Гаева меняется выражение, он уже не плачет.)

Устал я ужасно. Дашь мне, Фирс, переодеться. *(Уходит к себе через залу, за ним Фирс.)*

Пищик. Что на торгах? Рассказывай же!

Любовь Андреевна. Продан вишневый сад?

Лопахин. Продан.

3 **сконфу́женный:** verlegen.

13f. **анчо́ус:** Anchovis.

14 **ке́рченские се́льди:** Kerčer Heringe. Kerč', die östlichste Stadt der Krim, liegt an der gleichnamigen Meerenge, die das Schwarze mit dem Asowschen Meer verbindet, und verfügt über eine bedeutende Fischindustrie. In dem Krim-Reiseführer von Grigorij Moskvič (^{27}1915) heißt es: »Ganz Russland schätzt den Kerčer Hering.«

15 **вы́страдать** (v.): durchmachen, viel erleiden.

Любовь Андреевна. Кто купил?

Лопахин. Я купил.

(Пауза.)

(Любовь Андреевна угнетена; она упала бы, если бы не стояла возле кресла и стола. Варя снимает с пояса ключи, бросает их на пол, посреди гостиной, и уходит.)

Я купил! Погодите, господа, сделайте милость, у меня в голове помутилось, говорить не могу … *(Смеется.)* Пришли мы на торги, там уже Дериганов. У Леонида Андреича было только пятнадцать тысяч, а Дериганов сверх долга сразу надавал тридцать. Вижу, дело такое, я схватился с ним, надавал сорок. Он сорок пять. Я пятьдесят пять. Он, значит, по пяти надбавляет, я по десяти … Ну, кончилось. Сверх долга я надавал девяносто, осталось за мной. Вишневый сад теперь мой! Мой! *(Хохочет.)* Боже мой, господи, вишневый сад мой! Скажите мне, что я пьян, не в своем уме, что все это мне представляется … *(Топочет ногами.)* Не смейтесь надо мной! Если бы отец мой и дед встали из гробов и посмотрели на все происшествие, как их Ермолай, битый, малограмотный Ермолай, который зи-

4 **угнетённый:** deprimiert.
9 **помути́ться** (v.): verwirrt werden.
13 **надава́ть** (v.): bieten.
схвати́ться (v.): aneinandergeraten, sich anlegen.
15 **надбавля́ть** (uv.): erhöhen.
18 **хохота́ть** (-очу́, -о́чешь; uv.): schallend lachen.
21 **топота́ть** (-очу́, -о́чешь; uv.): trampeln, stampfen.
24 **малогра́мотный:** ungebildet.

мой босиком бегал, как этот самый Ермолай купил имение, прекрасней которого ничего нет на свете. Я купил имение, где дед и отец были рабами, где их не пускали даже в кухню. Я сплю, это только мерещится мне, это только кажется ... Это плод вашего воображения, покрытый мраком неизвестности ... *(Поднимает ключи, ласково улыбаясь.)* Бросила ключи, хочет показать, что она уж не хозяйка здесь ... *(Звенит ключами.)* Ну, да все равно.

(Слышно, как настраивается оркестр.)

Эй, музыканты, играйте, я желаю вас слушать! Приходите все смотреть, как Ермолай Лопахин хватит топором по вишневому саду, как упадут на землю деревья! Настроим мы дач, и наши внуки и правнуки увидят тут новую жизнь ... Музыка, играй!

(Играет музыка, Любовь Андреевна опустилась на стул и горько плачет.)

(С укором.) Отчего же, отчего вы меня не послушали? Бедная моя, хорошая, не вернешь теперь. *(Со слезами.)* О, скорее бы все это

1 **босикóм:** barfuß.
4 **раб:** Sklave.
5 **мерéщиться** (uv.): scheinen, vorschweben.
6 f. **покры́тый мрáком неизвéстности:** vom Dunkel der Ungewissheit bedeckt.
10 **звенéть** (-ню́, -и́шь; uv.): klirren.
11 **настрáиваться** (uv.): gestimmt werden.
14 **топóр:** Axt, Beil.
20 **укóр:** Vorwurf.

прошло, скорее бы изменилась как-нибудь наша нескладная, несчастливая жизнь.

Пищик *(берет его под руку, вполголоса)*. Она плачет. Пойдем в залу, пусть она одна … Пойдем … *(Берет его под руку и уводит в залу.)*

Лопахин. Что ж такое? Музыка, играй отчетливо! Пускай всё, как я желаю! *(С иронией.)* Идет новый помещик, владелец вишневого сада! *(Толкнул нечаянно столик, едва не опрокинул канделябры.)* За все могу заплатить! *(Уходит с Пищиком.)*

(В зале и гостиной нет никого, кроме Любови Андреевны, которая сидит, сжалась вся и горько плачет. Тихо играет музыка. Быстро входят Аня и Трофимов. Аня подходит к матери и становится перед ней на колени. Трофимов остается у входа в залу.)

Аня. Мама! … Мама, ты плачешь? Милая, добрая, хорошая моя мама, моя прекрасная, я люблю тебя … я благословляю тебя. Вишневый сад продан, его уже нет, это правда, правда, но не плачь, мама, у тебя осталась жизнь впереди, осталась твоя хорошая, чистая душа … Пойдем со мной, пойдем, милая, отсюда, пойдем! … Мы насадим новый сад, роскошнее этого, ты уви-

2 **нескла́дный:** ungereimt.
6 **отчётливый:** deutlich, laut.
8 **владе́лец:** Besitzer.
9 **неча́янно:** unabsichtlich.
13 **сжа́ться** (v.): zusammensinken, zusammenkauern, sich verkrampfen.

дишь его, поймешь, и радость, тихая, глубокая радость опустится на твою душу, как солнце в вечерний час, и ты улыбнешься, мама! Пойдем, милая! Пойдем! …

(Занавес)

Действие четвертое

Декорация первого акта. Нет ни занавесей на окнах, ни картин, осталось немного мебели, которая сложена в один угол, точно для продажи. Чувствуется пустота. Около выходной двери и в глубине сцены сложены чемоданы, дорожные узлы и т. п. Налево дверь открыта, оттуда слышны голоса Вари и Ани. Лопахин стоит, ждет. Яша держит поднос со стаканчиками, налитыми шампанским. В передней Епиходов увязывает ящик. За сценой в глубине гул. Это пришли прощаться мужики. Голос Гаева: «Спасибо, братцы, спасибо вам».

Яша. Простой народ прощаться пришел. Я такого мнения, Ермолай Алексеич, народ добрый, но мало понимает.
(Гул стихает. Входят через переднюю Любовь Андреевна и Гаев; она не плачет, но бледна, лицо ее дрожит, она не может говорить.)

Гаев. Ты отдала им свой кошелек, Люба. Так нельзя! Так нельзя!

Любовь Андреевна. Я не смогла! Я не смогла!
(Оба уходят.)

Лопахин *(в дверь, им вслед)*. Пожалуйте, покор-

4 **сложи́ть** (v.): zusammenstellen.
10 **увя́зывать** (uv.): verschnüren.
11 **гул:** Stimmengewirr.
17 **стиха́ть** (uv.): verstummen, verebben.
24 **вслед:** hinterher.

нейше прошу! По стаканчику на прощанье. Из города не догадался привезть, а на станции нашел только одну бутылку. Пожалуйте!

(Пауза.)

Что ж, господа! Не желаете? *(Отходит от двери.)* Знал бы – не покупал. Ну, и я пить не стану.

(Яша осторожно ставит поднос на стул.)

Выпей, Яша, хоть ты.

Яша. С отъезжающими! Счастливо оставаться! *(Пьет.)* Это шампанское не настоящее, могу вас уверить.

Лопахин. Восемь рублей бутылка.

(Пауза.)

Холодно здесь чертовски.

Яша. Не топили сегодня, все равно уезжаем. *(Смеется.)*

Лопахин. Что ты?

Яша. От удовольствия.

Лопахин. На дворе октябрь, а солнечно и тихо, как летом. Строиться хорошо. *(Поглядев на часы, в дверь.)* Господа, имейте в виду, до поезда осталось всего сорок шесть минут! Значит, через двадцать минут на станцию ехать. Поторапливайтесь.

(Трофимов в пальто входит со двора.)

2 **догада́ться** (v.): auf etwas kommen, daran denken.
10 **с отъезжа́ющими!:** auf die Abreisenden! (Trinkspruch.)
15 **черто́вски** (umg.): teuflisch, höllisch.
21 **стро́иться** (uv.) **хорошо́:** (es ist) gut zum Bauen.
24 f. **потора́пливаться** (uv.): sich beeilen.

Трофимов. Мне кажется, ехать уже пора. Лошади поданы. Черт его знает, где мои калоши. Пропали. *(В дверь.)* Аня, нет моих калош! Не нашел!

Лопахин. А мне в Харьков надо. Поеду с вами в одном поезде. В Харькове проживу всю зиму. Я все болтался с вами, замучился без дела. Не могу без работы, не знаю, что вот делать с руками; болтаются как-то странно, точно чужие.

Трофимов. Сейчас уедем, и вы опять приметесь за свой полезный труд.

Лопахин. Выпей-ка стаканчик.

Трофимов. Не стану.

Лопахин. Значит, в Москву теперь?

Трофимов. Да, провожу их в город, а завтра в Москву.

Лопахин. Да ... Что ж, профессора не читают лекций, небось всё ждут, когда приедешь!

Трофимов. Не твое дело.

Лопахин. Сколько лет, как ты в университете учишься?

Трофимов. Придумай что-нибудь поновее. Это старо и плоско. *(Ищет калоши.)* Знаешь, мы, пожалуй, не увидимся больше, так вот позволь мне

2 **по́данный:** hier: angespannt (von пода́ть; v.).
чёрт его́ зна́ет: weiß der Teufel.

7 **болта́ться** (uv.; umg.): sich herumtreiben, vertrödeln.
заму́читься (v.): sich abquälen.

10 **приня́ться** (приму́сь, при́мешься; v.; за + Akk.): sich einer Sache widmen, etw. angehen, sich etw. vornehmen.

23 **пло́ский:** platt, abgedroschen.

дать тебе на прощанье один совет: не размахивай руками! Отвыкни от этой привычки – размахивать. И тоже вот строить дачи, рассчитывать, что из дачников со временем выйдут отдельные хозяева, рассчитывать так – это тоже значит размахивать … Как-никак, все-таки я тебя люблю. У тебя тонкие, нежные пальцы, как у артиста, у тебя тонкая, нежная душа …

Лопахин *(обнимает его)*. Прощай, голубчик. Спасибо за все. Ежели нужно, возьми у меня денег на дорогу.

Трофимов. Для чего мне? Не нужно.

Лопахин. Ведь у вас нет!

Трофимов. Есть. Благодарю вас. Я за перевод получил. Вот они тут, в кармане. *(Тревожно.)* А калош моих нет!

Варя *(из другой комнаты)*. Возьмите вашу гадость! *(Выбрасывает на сцену пару резиновых калош.)*

Трофимов. Что же вы сердитесь, Варя? Гм … Да это не мои калоши!

Лопахин. Я весной посеял маку тысячу десятин и теперь заработал сорок тысяч чистого. А когда мой мак цвел, что это была за картина! Так

2 **отвы́кнуть** (v.; от + Gen.): sich etw. abgewöhnen.
5 **рассчи́тывать** (uv.): (damit) rechnen, spekulieren.
15 **трево́жный:** beunruhigt.
17 f. **га́дость:** ekelhaftes Zeug, Dreck.
18 f. **рези́новые кало́ши:** Gummigaloschen.
22 **посе́ять** (v.): aussäen.
мак: Mohn.
23 **чи́стый:** rein; hier: netto, Gewinn.

вот я, говорю, заработал сорок тысяч и, значит, предлагаю тебе взаймы, потому что могу. Зачем же нос драть? Я мужик … попросту.

Трофимов. Твой отец был мужик, мой – аптекарь, и из этого не следует решительно ничего.

(Лопахин вынимает бумажник.)

Оставь, оставь … Дай мне хоть двести тысяч, не возьму. Я свободный человек. И всё, что так высоко и дорого цените вы все, богатые и нищие, не имеет надо мной ни малейшей власти, вот как пух, который носится по воздуху. Я могу обходиться без вас, я могу проходить мимо вас, я силен и горд. Человечество идет к высшей правде, к высшему счастью, какое только возможно на земле, и я в первых рядах!

Лопахин. Дойдешь?

Трофимов. Дойду.

(Пауза.)

Дойду, или укажу другим путь, как дойти.

(Слышно, как вдали стучат топором по дереву.)

Лопахин. Ну, прощай, голубчик. Пора ехать. Мы друг перед другом нос дерем, а жизнь знай себе проходит. Когда я работаю подолгу, без устали, тогда мысли полегче, и кажется, будто мне тоже известно, для чего я существую. А сколько, брат, в России людей, которые существуют

3 **нос драть** (uv.): hochnäsig sein, die Nase rümpfen.
11 **пух:** Flaumfeder.
12 **обходи́ться** (uv.): auskommen, zurechtkommen.
20 **стуча́ть** (-чу́, -чи́шь; uv.): klopfen, schlagen.

неизвестно для чего. Ну, все равно, циркуляция дела не в этом. Леонид Андреич, говорят, принял место, будет в банке, шесть тысяч в год … Только ведь не усидит, ленив очень …

Аня *(в дверях)*. Мама вас просит: пока она не уехала, чтоб не рубили сада.

Трофимов. В самом деле, неужели не хватает такта … *(Уходит через переднюю.)*

Лопахин. Сейчас, сейчас … Экие, право. *(Уходит за ним.)*

Аня. Фирса отправили в больницу?

Яша. Я утром говорил. Отправили, надо думать.

Аня *(Епиходову, который проходит через залу)*. Семен Пантелеич, справьтесь, пожалуйста, отвезли ли Фирса в больницу.

Яша *(обиженно)*. Утром я говорил Егору. Что ж спрашивать по десяти раз!

Епиходов. Долголетний Фирс, по моему окончательному мнению, в починку не годится, ему надо к праотцам. А я могу ему только завидовать. *(Положил чемодан на картонку со шляпой и раздавил.)* Ну, вот, конечно. Так и знал. *(Уходит.)*

Яша *(насмешливо)*. Двадцать два несчастья …

4 **усидéть** (v.; umg.): seinen Platz behaupten, durchhalten.
11 **отпрáвить** (v.): schicken, hinbringen.
14 **спрáвиться** (v.): sich erkundigen.
19 **почи́нка:** Reparatur.
20 **прáотец:** Vorfahr; прáотцы: Vorväter.
21 **картóнка со шля́пой:** Hutschachtel.
22 **раздави́ть** (v.): zerdrücken.

Варя *(за дверью)*. Фирса отвезли в больницу?

Аня. Отвезли.

Варя. Отчего же письмо не взяли к доктору?

Аня. Так надо послать вдогонку … *(Уходит.)*

Варя *(из соседней комнаты)*. Где Яша? Скажите, мать его пришла, хочет проститься с ним.

Яша *(машет рукой)*. Выводят только из терпения. *(Дуняша все время хлопочет около вещей; теперь, когда Яша остался один, она подошла к нему.)*

Дуняша. Хоть бы взглянули разочек, Яша. Вы уезжаете … меня покидаете … *(Плачет и бросается ему на шею.)*

Яша. Что ж плакать? *(Пьет шампанское.)* Через шесть дней я опять в Париже. Завтра сядем в курьерский поезд и закатим, только нас и видели. Даже как-то не верится. Вив ла Франс! … Здесь не по мне, не могу жить … ничего не поделаешь. Насмотрелся на невежество – будет с меня. *(Пьет шампанское.)* Что ж плакать? Ведите себя прилично, тогда не будете плакать.

Дуняша *(пудрится, глядясь в зеркальце)*. Пришлите из Парижа письмо. Ведь я вас любила, Яша, так любила! Я нежное существо, Яша!

4 **посла́ть** (v.) **вдого́нку** (umg.): hinterherschicken.

7 **выводи́ть** (uv.) **из терпе́ния:** aus der Fassung / zum Wahnsinn bringen (терпе́ние: Geduld).

11 **разо́чек** (umg.): einmal.

16 **закати́ть** (v.; umg.): losfahren.

18 **здесь не по мне:** hier ist es nichts für mich.

19 **насмотре́ться** (v.): sich satt sehen, genug haben.

19f. **бу́дет с меня́** (umg.): es reicht mir.

Яша. Идут сюда. *(Хлопочет около чемоданов, тихо напевает.)*

(Входят Любовь Андреевна, Гаев, Аня и Шарлотта Ивановна.)

Гаев. Ехать бы нам. Уже немного осталось. *(Глядя на Яшу.)* От кого это селедкой пахнет?

Любовь Андреевна. Минут через десять давайте уже в экипажи садиться … *(Окидывает взглядом комнату.)* Прощай, милый дом, старый дедушка. Пройдет зима, настанет весна, а там тебя уже не будет, тебя сломают. Сколько видели эти стены! *(Целует горячо дочь.)* Сокровище мое, ты сияешь, твои глазки играют, как два алмаза. Ты довольна? Очень?

Аня. Очень! Начинается новая жизнь, мама!

Гаев *(весело)*. В самом деле, теперь все хорошо. До продажи вишневого сада мы все волновались, страдали, а потом, когда вопрос был решен окончательно, бесповоротно, все успокоились, повеселели даже … Я банковский служака, теперь я финансист … желтого в середину, и ты, Люба, как-никак, выглядишь лучше, это несомненно.

8f. **оки́дывать** (uv.) **взгля́дом:** betrachten, einen Blick schweifen lassen.
11 **слома́ть** (v.): abbrechen, abreißen.
12 **сокро́вище:** Schatz.
14 **алма́з:** Diamant.
19 **бесповоро́тный:** unumkehrbar, unwiderruflich, endgültig.
20f. **ба́нковский служа́ка:** Bankangestellter.
21 **финанси́ст:** Finanzier.
23 **несомне́нно:** zweifellos.

Любовь Андреевна. Да. Нервы мои лучше, это правда.
(Ей подают шляпу и пальто.)
Я сплю хорошо. Выносите мои вещи, Яша. Пора. *(Ане).* Девочка моя, скоро мы увидимся ... Я уезжаю в Париж, буду жить там на те деньги, которые прислала твоя ярославская бабушка на покупку имения – да здравствует бабушка! – а денег этих хватит ненадолго.

Аня. Ты, мама, вернешься скоро, скоро ... не правда ли? Я подготовлюсь, выдержу экзамен в гимназии и потом буду работать, тебе помогать. Мы, мама, будем вместе читать разные книги ... Не правда ли? *(Целует матери руки.)* Мы будем читать в осенние вечера, прочтем много книг, и перед нами откроется новый, чудесный мир ... *(Мечтает.)* Мама, приезжай ...

Любовь Андреевна. Приеду, мое золото. *(Обнимает дочь.)*
(Входит Лопахин. Шарлотта тихо напевает песенку.)

Гаев. Счастливая Шарлотта: поет!

Шарлотта *(берет узел, похожий на свернутого ребенка).* Мой ребеночек, бай, бай ...
(Слышится плач ребенка: «Уа, уа! ...»)
Замолчи, мой хороший, мой милый мальчик.
(«Уа! ... уа! ...»)

23f. **свёрнутый ребёнок:** eingewickeltes Kind, Wickelkind (свернýть; v.).

24 **мой ребёночек, бай, бай:** schlaf, mein Kindchen, schlaf.

25 **плач:** Weinen.

Мне тебя так жалко! *(Бросает узел на место.)* Так вы, пожалуйста, найдите мне место. Я не могу так.

Лопахин. Найдем, Шарлотта Ивановна, не беспокойтесь.

Гаев. Все нас бросают, Варя уходит … мы стали вдруг не нужны.

Шарлотта. В городе мне жить негде. Надо уходить … *(Напевает.)* Все равно …

(Входит Пищик.)

Лопахин. Чудо природы! …

Пищик *(запыхавшись)*. Ой, дайте отдышаться … замучился … Мои почтеннейшие … Воды дайте …

Гаев. За деньгами небось? Слуга покорный, ухожу от греха … *(Уходит.)*

Пищик. Давненько не был у вас … прекраснейшая … *(Лопахину.)* Ты здесь … рад тебя видеть … громаднейшего ума человек … возьми … получи … *(Подает Лопахину деньги.)* Четыреста рублей … За мной остается восемьсот сорок …

Лопахин *(в недоумении пожимает плечами)*. Точно во сне … Ты где же взял?

Пищик. Постой … Жарко … Событие необычайнейшее. Приехали ко мне англичане и нашли

12 **запыха́ться** (uv.; umg.): außer Atem kommen.
отдыша́ться (v.): verschnaufen, zu Atem kommen.

13 **заму́читься** (v.): erledigt sein, erschöpft sein.
мой почте́ннейшие: meine Verehrtesten.

в земле какую-то белую глину … *(Любови Андреевне.)* И вам четыреста … прекрасная … удивительная … *(Подает деньги.)* Остальные потом. *(Пьет воду.)* Сейчас один молодой человек рассказывал в вагоне, будто какой-то … великий философ советует прыгать с крыш … «Прыгай!», говорит, и в этом вся задача. *(Удивленно.)* Вы подумайте! Воды! …

Лопахин. Какие же это англичане?

Пищик. Сдал им участок с глиной на двадцать четыре года … А теперь, извините, некогда … надо скакать дальше … Поеду к Знойкову … к Кардамонову … Всем должен … *(Пьет.)* Желаю здравствовать … В четверг заеду …

Любовь Андреевна. Мы сейчас переезжаем в город, а завтра я за границу.

Пищик. Как? *(Встревоженно.)* Почему в город? То-то я гляжу на мебель … чемоданы … Ну, ничего … *(Сквозь слезы.)* Ничего … Величайшего ума люди … эти англичане … Ничего … Будьте счастливы … Бог поможет вам … Ничего … Всему на этом свете бывает конец … *(Целует руку Любови Андреевне.)* А дойдет до вас слух, что мне конец пришел, вспомните вот эту самую … лошадь и скажите: «Был на свете такой-сякой … Симеонов-Пищик … царство ему

1 **гли́на:** Lehm; hier: Tonerde.

12 **скака́ть** (uv.): galoppieren.

13f. **жела́ю здра́вствовать** (uv.): ich wünsche alles Gute, Gesundheit.

26 **тако́й-сяко́й:** so ein.

небесное» … Замечательнейшая погода … Да … *(Уходит в сильном смущении, но тотчас же возвращается и говорит в дверях.)* Кланялась вам Дашенька! *(Уходит.)*

Любовь Андреевна. Теперь можно и ехать. Уезжаю я с двумя заботами. Первая – это больной Фирс. *(Взглянув на часы.)* Еще минут пять можно …

Аня. Мама, Фирса уже отправили в больницу. Яша отправил утром.

Любовь Андреевна. Вторая моя печаль – Варя. Она привыкла рано вставать и работать, и теперь без труда она как рыба без воды. Похудела, побледнела и плачет, бедняжка …

(Пауза.)

Вы это очень хорошо знаете, Ермолай Алексеич; я мечтала … выдать ее за вас, да и по всему видно было, что вы женитесь. *(Шепчет Ане, та кивает Шарлотте, и обе уходят.)* Она вас любит, вам она по душе, и не знаю, не знаю, почему это вы точно сторонитесь друг друга. Не понимаю!

Лопахин. Я сам тоже не понимаю, признаться. Как-то странно все … Если есть еще время, то я хоть сейчас готов … Покончим сразу – и баста, а без вас я, чувствую, не сделаю предложения.

2 **смущéние:** Verlegenheit.
13 f. **похудéть** (v.): abmagern.
14 **бедня́жка:** die Arme, das arme Ding.
21 **сторони́ться** (uv.): aus dem Weg gehen, meiden.

Любовь Андреевна. И превосходно. Ведь одна минута нужна, только. Я ее сейчас позову ...

Лопахин. Кстати и шампанское есть. *(Поглядев на стаканчики.)* Пустые, кто-то уже выпил.

(Яша кашляет.)

Это называется вылакать ...

Любовь Андреевна *(оживленно)*. Прекрасно. Мы выйдем ... Яша, allez! Я ее позову ... *(В дверь.)* Варя, оставь все, поди сюда. Иди! *(Уходит с Яшей.)*

Лопахин *(поглядев на часы)*. Да ...

(Пауза.)

(За дверью сдержанный смех, шепот, наконец входит Варя.)

Варя *(долго осматривает вещи)*. Странно, никак не найду ...

Лопахин. Что вы ищете?

Варя. Сама уложила и не помню.

(Пауза.)

Лопахин. Вы куда же теперь, Варвара Михайловна?

Варя. Я? К Рагулиным ... Договорилась к ним смотреть за хозяйством ... в экономки, что ли.

Лопахин. Это в Яшнево? Верст семьдесят будет.

(Пауза.)

Вот и кончилась жизнь в этом доме ...

6 **вы́лакать** (v.): ausschlecken.

13 **шёпот:** Flüstern.

18 **уложи́ть** (v.): einpacken.

23 **эконо́мка:** Wirtschafterin, Haushälterin.

Варя *(оглядывая вещи)*. Где же это … Или, может, я в сундук уложила … Да, жизнь в этом доме кончилась … больше уже не будет …

Лопахин. А я в Харьков уезжаю сейчас … вот с этим поездом. Дела много. А тут во дворе оставляю Епиходова … Я его нанял.

Варя. Что ж!

Лопахин. В прошлом году об эту пору уже снег шел, если припомните, а теперь тихо, солнечно. Только что вот холодно … Градуса три мороза.

Варя. Я не поглядела.

(Пауза.)

Да и разбит у нас градусник …

(Пауза.)

(Голос в дверь со двора: «Ермолай Алексеич! …»)

Лопахин *(точно давно ждал этого зова)*. Сию минуту! *(Быстро уходит.)*

(Варя, сидя на полу, положив голову на узел с платьем, тихо рыдает. Отворяется дверь, осторожно входит Любовь Андреевна.)

Любовь Андреевна. Что?

(Пауза.)

Надо ехать.

Варя *(уже не плачет, вытерла глаза)*. Да, пора,

2 **сунду́к:** Truhe.
8 **об э́ту по́ру:** zu dieser Zeit.
16 **зов:** Ruf.
19 **рыда́ть** (uv.): weinen, schluchzen.
отворя́ться (uv.): sich öffnen.
24 **вы́тереть** (вы́тру, -трешь; -тер; v.): abwischen.

мамочка. Я к Рагулиным поспею сегодня, не опоздать бы только к поезду …

Любовь Андреевна *(в дверь)*. Аня, одевайся!

(Входят Аня, потом Гаев, Шарлотта Ивановна. На Гаеве теплое пальто с башлыком. Сходится прислуга, извозчики. Около вещей хлопочет Епиходов.)

Теперь можно и в дорогу.

Аня *(радостно)*. В дорогу!

Гаев. Друзья мои, милые, дорогие друзья мои! Покидая этот дом навсегда, могу ли я умолчать, могу ли удержаться, чтобы не высказать на прощанье те чувства, которые наполняют теперь все мое существо …

Аня *(умоляюще)*. Дядя!

Варя. Дядечка, не нужно!

Гаев *(уныло)*. Дуплетом желтого в середину … Молчу …

(Входит Трофимов, потом Лопахин.)

Трофимов. Что же, господа, пора ехать!

Лопахин. Епиходов, мое пальто!

Любовь Андреевна. Я посижу еще одну минутку. Точно раньше я никогда не видела, какие в этом доме стены, какие потолки, и теперь я гляжу на них с жадностью, с такой нежной любовью …

Гаев. Помню, когда мне было шесть лет, в Трои-

5 **башлы́к:** Kapuze.
5f. **сходи́ться** (uv.): sich einfinden, zusammenkommen.
6 **изво́зчик:** Kutscher.
24 **потоло́к:** Zimmerdecke.
25 **жа́дность:** Gier.
26f. **Тро́ицын день:** Pfingstsonntag.

цын день я сидел на этом окне и смотрел, как мой отец шел в церковь ...

Любовь Андреевна. Все вещи забрали?

Лопахин. Кажется, все. *(Епиходову, надевая пальто.)* Ты же, Епиходов, смотри, чтобы все было в порядке.

Епиходов *(говорит сиплым голосом)*. Будьте покойны, Ермолай Алексеич!

Лопахин. Что это у тебя голос такой?

Епиходов. Сейчас воду пил, что-то проглотил.

Яша *(с презрением)*. Невежество ...

Любовь Андреевна. Уедем – и здесь не останется ни души ...

Лопахин. До самой весны.

Варя *(выдергивает из узла зонтик, похоже, как будто она замахнулась)*.

(Лопахин делает вид, что испугался.)

Что вы, что вы ... Я и не думала.

Трофимов. Господа, идемте садиться в экипажи ... Уже пора! Сейчас поезд придет!

Варя. Петя, вот они, ваши калоши, возле чемодана. *(Со слезами.)* И какие они у вас грязные, старые ...

Трофимов *(надевая калоши)*. Идем, господа! ...

Гаев *(сильно смущен, боится заплакать)*. Поезд ...

7 **си́плый:** heiser.
10 **проглоти́ть** (v.): verschlucken.
11 **презре́ние:** Verachtung.
15 **выдёргивать** (uv.): herausreißen.
16 **замахну́ться** (v.): zum Schlag ausholen.
25 **смущённый:** bewegt, bestürzt.

станция … Круазе в середину, белого дуплетом в угол …

Любовь Андреевна. Идем!

Лопахин. Все здесь? Никого там нет? *(Запирает боковую дверь налево.)* Здесь вещи сложены, надо запереть. Идем! …

Аня. Прощай, дом! Прощай, старая жизнь!

Трофимов. Здравствуй, новая жизнь! … *(Уходит с Аней.)*

(Варя окидывает взглядом комнату и не спеша уходит. Уходят Яша и Шарлотта с собачкой.)

Лопахин. Значит, до весны. Выходите, господа … До свиданция! … *(Уходит.)*

(Любовь Андреевна и Гаев остались вдвоем. Они точно ждали этого, бросаются на шею друг другу и рыдают сдержанно, тихо, боясь, чтобы их не услышали.)

Гаев *(в отчаянии)*. Сестра моя, сестра моя …

Любовь Андреевна. О мой милый, мой нежный, прекрасный сад! … Моя жизнь, моя молодость, счастье мое, прощай! … Прощай! …

(Голос Ани, весело, призывающе: «Мама! …» Голос Трофимова, весело, возбужденно: «Ау! …»)

В последний раз взглянуть на стены, на окна … По этой комнате любила ходить покойная мать …

Гаев. Сестра моя, сестра моя! …

13 **до свида́нция:** etwa: auf Wiederbesehen (vgl. S. 26).
16 **сде́ржанный:** zurückhaltend, verhalten.
18 **отча́яние:** Verzweiflung.
22 **призыва́ть** (uv.): rufen, mahnen.

(Голос Ани: «Мама! …» Голос Трофимова: «Ау! …»)

Любовь Андреевна. Мы идем! …

(Уходят.)

(Сцена пуста. Слышно, как на ключ запирают все двери, как потом отъезжают экипажи. Становится тихо. Среди тишины раздается глухой стук топора по дереву, звучащий одиноко и грустно.

Слышатся шаги. Из двери, что направо, показывается Фирс. Он одет, как всегда, в пиджаке и белой жилетке, на ногах туфли. Он болен.)

Фирс *(подходит к двери, трогает за ручку)*. Заперто. Уехали … *(Садится на диван.)* Про меня забыли … Ничего … я тут посижу … А Леонид Андреич, небось, шубы не надел, в пальто поехал … *(Озабоченно вздыхает.)* Я-то не поглядел … Молодо-зелено! *(Бормочет что-то, чего понять нельзя.)* Жизнь-то прошла, словно и не жил … *(Ложится.)* Я полежу … Силушки-то у тебя нету, ничего не осталось, ничего … Эх ты … недотепа! … *(Лежит неподвижно.)*

(Слышится отдаленный звук, точно с неба, звук лопнувшей струны, замирающий, печальный. Наступает тишина, и только слышно, как далеко в саду топором стучат по дереву.)

(Занавес)

8 **глухо́й:** dumpf.
16 **шу́ба:** Pelzmantel.
20f. **си́лушки-то у тебя́ не́ту:** du hast keine Kraft mehr.

Editorische Notiz

Der russische Text folgt der Ausgabe: A. P. Čechov, *Polnoe sobranie sočinenij i pisem v tridcati tomach,* hrsg. von N. F. Bel'čikov [u. a.], 30 Bde., Moskau: Nauka, 1974–83, Bd. 13, S. 195–254.

Das Glossar erklärt in der Regel alle Wörter, die nicht in dem von Annabella Karlovska und Rainer Rauch herausgegebenen *Grund- und Aufbauwortschatz Russisch (neu)* (Stuttgart: Klett, 2007) enthalten sind.

Im Glossar verwendete Abkürzungen

Akk.	Akkusativ
alt.	veraltet
Dat.	Dativ
f.	Femininum
Gen.	Genitiv
Imp.	Imperativ
jdm.	jemandem
jdn.	jemanden
m.	Maskulinum
Pl.	Plural
umg.	umgangssprachlich
uv.	unvollendeter Verbaspekt
v.	vollendeter Verbaspekt

Zeittafel

1860 17. (nach neuem Kalenderstil: 29.) Januar: geboren in Taganrog; Vater Kaufmann; vier Geschwister.

1869 Gymnasium in Taganrog (am Asovschen Meer) bis 1879.

1879 Studium der Medizin an der Universität Moskau, Abschluss 1884.

1880 Beginn von Čechovs literarischer Tätigkeit für verschiedene Zeitschriften und Zeitungen; er schreibt hauptsächlich Kurzgeschichten unter Pseudonymen (z. B. Antoša Čechonte). Mit Honoraren finanziert er sein Medizinstudium. Zwischen 1883 und 1886 schreibt er durchschnittlich 120 Kurzgeschichten im Jahr.

1884 Erster Erzählband *Märchen der Melpomene* (*Skazki Mel'pomeny*)*;* Ausübung des Arztberufes in Moskau und später in Melichovo.

1885 Freundschaft mit Aleksis Suvorin, dem Herausgeber der Zeitung *Neue Zeit* (*Novoe vremja*).

1886 Verlagerung des Schwerpunktes auf die schriftstellerische Arbeit; Erzählband *Bunte Erzählungen* (*Pestrye rasskazy*)*;* Erzählung *Kummer* (*Toska*).

1887 Weitere Sammelbände: *Unschuldige Worte* (*Nevinnye reči*), *In der Dämmerung* (*V sumerkach*); für letzteren Erzählband erhält Čechov 1888 den Puškin-Preis. Erfolgreiche Uraufführung des Dramas *Ivanov*.

1888 Erzählung *Die Steppe* (*Step'*). August: Veröffentlichung und Uraufführung des Einakters *Der Bär* (*Medved'*).

1889 Veröffentlichung und Uraufführung des Einakters *Der Heiratsantrag* (*Predloženie*); Erzählung *Eine langweilige Geschichte* (*Skučnaja istorija*).

1890 Reise nach Sachalin; Buchausgabe der Reiseaufzeichnungen *Die Insel Sachalin (Ostrov Sachalin*) 1895.

1891 Auslandsreise nach Österreich, Italien, Frankreich; Erzählung *Das Duell* (*Duėl'*).

1892 Kauf des Landgutes Melichovo bei Moskau; starkes

soziales Engagement: Einrichtung von Schulen, kostenlose ärztliche Versorgung der Bauern; kämpft gegen Choleraepidemie; Erzählung *Krankenzimmer Nr. 6* (*Palata Nr. 6*).

1893 Übersiedlung nach Melichovo.

1894 Erzählung *Der schwarze Mönch* (*Černyj monach*); Reisen nach Jalta, Wien, Mailand, Genf, Nizza; verschlechterter Gesundheitszustand.

1895 Čechov trifft Lev Tolstoj auf dessen Landgut in Jasnaja Poljana.

1896 Praxisaufgabe wegen Lungenkrankheit.

1896 Bau einer Schule bei Melichovo; Veröffentlichung und wenig erfolgreiche Uraufführung des Dramas *Die Möwe* (*Čajka*) im Petersburger Alexandertheater.

1898 Erfolgreiche Aufführung der *Möwe* am Moskauer Künstlertheater unter der Regie von V. Nemirovič-Dančenko und K. Stanislavskij.

1897 Klinikaufenthalt in Moskau; Reise nach Paris, Biarritz und Nizza; Erzählung *Die Bauern* (*Mužiki*); Drama *Onkel Wanja* (*Djadja Vanja*).

1899 Premiere von *Onkel Wanja* am Moskauer Künstlertheater.

1898 Erzählungen *Der Mensch im Futteral* (*Čelovek v futljare*), *Stachelbeeren* (*Kryžovnik*), *Ionyč*.

1899 Verkauf des Landgutes in Melichovo; Übersiedlung nach Jalta; Bekanntschaft mit Maksim Gor'kij; enge Beziehung zum Moskauer Künstlertheater.

1900 Erzählung *In der Schlucht* (*V ovrage*); Reise nach Wien, Pisa, Florenz, Rom und Nizza; Ehrenmitgliedschaft der Akademie der Wissenschaften in Moskau.

1901 Veröffentlichung und Uraufführung des Dramas *Drei Schwestern* (*Tri sestry*). Heirat mit der Schauspielerin Ol'ga Knipper; Verleihung des Griboedov-Preises.

1902 Austritt aus der Akademie der Wissenschaften als Protest gegen den Ausschluss Gor'kijs.

1903 Aufenthalt in Jalta; Verschlechterung des Gesundheitszustandes.

1904 Veröffentlichung und Premiere des Dramas *Der Kirschgarten* (*Višnevyj sad*). Reise mit seiner Frau nach Badenweiler.

2. (15.) Juli: Čechov stirbt 44jährig in Badenweiler; Beisetzung auf dem Moskauer Novodeviči-Friedhof.

Literaturhinweise

Allen, David: Performing Chekhov. London: Routledge, 2000.

Anderson, Greta: The Music of The Cherry Orchard. Repetitions in the Russian Text. In: Modern Drama 34 (1991) S. 340–350.

Barricelli, Jean-Pierre (Hrsg.): Chekhov's Great Plays. A Critical Anthology. New York / London: New York University Press, 1981.

– Counterpoint of the Snapping String: Chekhov's *The Cherry Orchard.* In: California Slavic Studies 10 (1997). S. 121–136.

Bartlett, Rosamund: Anton Čechov: Eine Biographie. Übers. von Anna Blum. Wien: Zsolnay, 2004.

Bauer, Gerhard: Lichtstrahl aus Scherben. Čechov. Frankfurt a. M. / Basel: Stroemfeld, 2000.

Brahms, Caryl: Reflections in a Lake. A Study of Chekhov's Four Greatest Plays. London: Weidenfeld & Nicolson, 1976.

Bruford, Walter H.: Chekhov and his Russia: A Sociological Study. London: Routledge & Kegan Paul, 1948.

Brühl, Christine Gräfin von: Die nonverbalen Ausdrucksmittel in Anton Čechovs Bühnenwerk. Frankfurt a. M. [u. a.]: Lang, 1996.

Čudakov, Aleksandr: Mir Čechova: vozniknovenie i utverždenie. Moskau: Sovetskij pisatel', 1986.

Dlugosch, Ingrid: Anton Pavlovič Čechov und das Theater des Absurden. München: Fink, 1977.

Eekman, Thomas A. (Hrsg.): Critical Essays on Anton Chekhov. Boston: Hall, 1989.

Evdokimova, Svetlana: What's So Funny about Losing One's Estate, or Infantilism in *The Cherry Orchard.* In: Slavic and East European Journal 44 (2000) S. 623–650.

Fadeeva, Nina I.: Svoeobrazie dialoga v p'ese *Višnevyj sad.* In: Russkaja reč' 1 (1985) S. 14–19.

Fergusson, Francis: *The Cherry Orchard*. A Theater Poem of the Suffering of Change. In: Robert Louis Jackson (Hrsg.): Chekhov. A Collection of Critical Essays. Englewood Cliffs: Prentice Hall, 1967. S. 147–160.

Finke, Michael C.: Seeing Chekhov. Life and Art. Ithaca (N. Y.): Cornell University Press, 2005.

Forsås-Scott, Helena: Notes on *The Cherry Orchard*. Harlow: Longman York Press, 1983.

Gilman, Richard: Chekhov's Plays: An Opening into Eternity. New Haven [u. a.]: Yale University Press, 1995.

Gottlieb, Vera: Chekhov and the Vaudeville. Cambridge: Cambridge University Press, 1982.

– / Allain, Paul (Hrsg.): The Cambridge Companion to Chekhov. Cambridge: Cambridge University Press, 2000.

Gul'čenko, V. V. (Hrsg.): »Zvuk lopnuvšej struny«: k 100-letiju p'esy *Višnevyj sad*. Moskau: Nauka, 2005. (Čechoviana. Akademija Nauk SSSR, Naučnyj Sovet po Istorii Mirovoj Kul'tury, Čechovskaja Komissija. Vypusk 10.)

Hahn, Beverly: Chekhov. A Study of the Major Stories and Plays. New York: Cambridge University Press, 1977.

Hielscher, Karla: Tschechow. München/Zürich: Artemis, 1987. (Artemis Einführungen. 34.)

Hingley, Robert: A New Life of Anton Chekhov. London: Knopf, 1976.

Hübner, Friedrich, Die Personendarstellung in den Dramen Anton P. Čechovs. Amsterdam: Hakkert, 1971.

Jackson, Robert Louis (Hrsg.): Chekhov. A Collection of Critical Essays. Englewood Cliffs: Prentice Hall, 1967.

Kane, Leslie: The Language of Silence. On the Unspoken and Unspeakable in Modern Drama. London/Toronto: Fairleigh Dickinson University Press, 1984.

Kirschstein-Gamber, Birgit: Die Čechov-Szene. Untersuchungen zu Text und Realisierung der Regieanweisungen im Drama Anton Pavlovič Čechovs. Diss. Freiburg i. Br. 1979. Altendorf 1979.

Kluge, Rolf-Dieter: Anton P. Čechov. Eine Einführung in

Leben und Werk. Darmstadt: Wissenschaftliche Buchgesellschaft, 1995.
– (Hrsg.): Anton P. Čechov. Werk und Wirkung. Vorträge und Diskussionen eines internationalen Symposiums in Badenweiler im Oktober 1985. 2 Bde. Wiesbaden: Harrassowitz, 1990. (Opera slavica N. F. 18.)
Magershack, David: *The Cherry Orchard*. In: D. M.: The Real Chekhov. An Introduction to Chekhov's Last Plays. London: Allen & Unwin, 1972. S. 185–243.
Melchinger, Siegfried: Tschechow. Velber bei Hannover: Friedrich, 1968. (Friedrichs Dramatiker des Welttheaters. 57.)
Peace, Richard: Chekhov. A Study of the Four Major Plays. New Haven [u. a.]: Yale University Press, 1983.
Pitcher, Harvey J.: Chekhov and The English Governess: Prototype of Charlotta Ivanovna. In: Oxford Slavonic Papers 20 (1987) S. 101–109.
– The Chekhov Play: A New Interpretation. Berkeley: University of California Press, 1985.
Polockaja, Ėmma: *Višnevyj sad*. Žizn' vo vremeni. Moskau: Nauka, 2003.
Rayfield, Donald: Anton Chekhov: A Life. New York: Holt, 1998.
– Catastrophe and Comedy: *The Cherry Orchard*. New York: Twayne, 1994.
– Understanding Chekhov: A Critical Study of Chekhov's Prose and Drama. Madison: University of Wisconsin Press, 1999.
Redmond, James (Hrsg.): Drama and Symbolism. Cambridge: Cambridge University Press, 1982. (Themes in Drama. 4.)
Ressel, Gerhard: Zur Redetechnik und Erzählstruktur in A. P. Čechovs *Višnevyj sad*. In: Welt der Slaven 22 (1977) S. 350–369.
Revjakin, Aleksandr I.: *Višnevyj sad* A. P. Čechova. Posobie dlja učitelej. Moskau: Učpedgiz, 1960.
Scheck, Frank Rainer: Anton Čechov. München: Deutscher Taschenbuch Verlag, 2004. (dtv portrait. 31075.)

Scheibitz, Christina, Mensch und Mitmensch im Drama Anton Čechovs: Analyse der Dialogtechnik. Göppingen: Kümmerle, 1972.

Schmid, Herta, Strukturalistische Dramentheorie. Semantische Analyse von Čechovs *Ivanov* und *Der Kirschgarten*. Kronberg i. Ts.: Scriptor, 1973.

Senderovich, Savely: *The Cherry Orchard*: Chekhov's Last Testament. In: Russian Literature 35 (1994) Nr. 2. S. 223–142.

Senelick, Laurence: The Chekhov Theatre: A Century of the Plays in Performance. Cambridge: Cambridge University Press, 1997.

Simmons, Ernest J.: Chekhov: A Biography. Boston: Little, 1962.

Stepanov, Andrej D.: Problemy kommunikacii u Čechova. Moskau: Jazyki slavjanskoj kul'tury, 2005.

Suchich, Igor' N.: *Višnevyj sad* A. P. Čechova. In: Analiz dramatičeskogo proizvedenija. Hrsg. von V. M. Markovič. Leningrad: Izdatel'stvo Leningradskogo Universiteta, 1988. S. 347–365.

Tigges, Stefan: Von der Weltseele zur Über-Marionette: Čechovs Traumtheater als avantgardistische Versuchsanordnung. Bielefeld: Transcript, 2010.

Tulloch, John: Shakespeare and Chekhov in Production and Reception. Iowa City: University of Iowa Press, 2005.

Urban, Peter (Hrsg.): Anton Čechov. Sein Leben in Bildern. Zürich: Diogenes, 2003.

– Čechov Chronik. Daten zu Leben und Werk. Zürich: Diogenes, 2004.

– Über Čechov. Zürich: Diogenes, 1988.

Wolfheim, Elsbeth: Anton Čechov in Selbstzeugnissen und Bilddokumenten. Reinbek bei Hamburg: Rowohlt, 1982. (Rowohlt Bildmonographien. 307.)

Zelinsky, Bodo: Tschechow. *Der Kirschgarten*. In: B. Z. (Hrsg.): Das russische Drama. Düsseldorf: Bagel, 1986. S. 178–199.

– (Hrsg.): Tschechows Dramen. Stuttgart: Reclam, 2003. (Universal-Bibliothek. 17523.)
– (Hrsg.): Das russische Drama. Köln [u. a.]: Böhlau, 2011. (Russische Literatur in Einzelinterpretationen. 3.)
Zingerman, Boris: Teatr Čechova i ego mirovoe značenie. Moskau: RIK Rusanova, 2001.

Nachwort

»… und vor uns wird sich eine neue, wunderbare Welt auftun …«

Der Kirschgarten ist ein Stück über den Umbruch im Leben und über das Verhältnis des Menschen zur Zeit – und daher zeitlos. Die dargestellten Konflikte sind heute genauso aktuell und faszinierend wie zur Zeit der Erstaufführung des Stücks. Die Komödie zählt, zusammen mit Čechovs anderen großen Dramen *Die Möwe* (*Čajka*, 1896), *Onkel Wanja* (*Djadja Vanja*, 1897) und *Drei Schwestern* (*Tri sestry*, 1901), unbestritten zu den meistgespielten russischen Klassikern des Theaters. Sie wurde im Januar 1904, ein halbes Jahr vor dem Tod des Schriftstellers, in Moskau uraufgeführt. Die vielfachen und unterschiedlichen Inszenierungen »eines der schönsten, komplexesten Stücke des Welttheaters« (Hellmuth Karasek) sowie die unüberschaubare Fülle von Interpretationen und Einzelanalysen in den vergangenen hundert Jahren zeugen nicht nur von der Aktualität und Brisanz, von der Vielschichtigkeit und Allgemeingültigkeit des *Kirschgartens*, sondern auch von dessen Kompliziertheit und Rätselhaftigkeit. »Es ist ein geheimnisvolles Stück, sicherlich das schwierigste Tschechows«, vermerkte Giorgio Strehler vor seiner *Kirschgarten*-Neuinszenierung 1974[1].

Bereits im April 1901, kurz nach der Uraufführung der *Drei Schwestern*, bewegte Čechov »das starke Verlangen […], ein Vaudeville in 4 Akten oder eine Komödie« für das Moskauer Künstlertheater zu schreiben. Sein sich zunehmend verschlechternder Gesundheitszustand und eine damit verbundene Unlust an der Arbeit sowie Zweifel am Vorhaben des Projekts blockierten jedoch Čechovs Produktivität: An-

1 Zit. nach: Bodo Zelinsky, »*Der Kirschgarten*«, in: *Tschechows Dramen*, Stuttgart 2003, S. 118 (Reclams Universal-Bibliothek, 17523).

statt der geplanten vier Wochen kreativer Schreibzeit benötigte er fast acht Monate bis zur Vollendung der Komödie. Am 14. Oktober 1903 schickte Čechov eine Kopie des Manuskripts des *Kirschgartens* an Konstantin Stanislavskij, den Begründer und Leiter des Moskauer Künstlertheaters (MChAT), das mit Čechov eng zusammenarbeitete. »Das Stück ist kein Drama geworden, sondern eine Komödie, stellenweise sogar eine Farce«, schrieb Čechov am 15. September 1903. Die Regisseure Stanislavskij und Nemirovič-Dančenko lobten die Originalität des »harmonischen Stücks« und berichteten enthusiastisch von der »großartigen Erregung« des Ensembles, bemängelten aber gleichzeitig »einige Grobheiten im Detail«, wie etwa einen »Überfluss an Tränen«. »Das ist keine Komödie, keine Farce, wie Sie schrieben, – das ist eine Tragödie ...«, wandte sich Stanislavskij am 20. Oktober 1903 an Čechov. Am 17. Januar 1904, dem 44. Geburtstag des Autors, fand, nachdem Čechov noch zwei von der Zensur beanstandete Passagen ersetzt hatte, die Uraufführung im Moskauer Künstlertheater statt, bei der der erschöpfte und schwer kranke Čechov gegen seinen Willen gefeiert wurde.

Čechov, dem sehr an der richtigen Interpretation seiner Komödie gelegen war, nahm regelmäßig an den Proben teil und wehrte sich vehement gegen die Auffassung des Regisseurs und der Schauspieler, der *Kirschgarten* sei ein »schweres Drama des russischen Lebens«. Stanislavskij interpretierte das Stück als Tragödie mit illusionistischen und emotionsgeladenen Effekten, die Čechov rigoros ablehnte. »Ich kann nur das eine sagen:«, beklagte sich Čechov am 29. März 1904 bei seiner Frau, der Schauspielerin Ol'ga Knipper: »Stanislavskij hat mein Stück ruiniert.«[2]

2 Zit. nach: Anton Čechov, *Briefe 1901–1904*, hrsg. und übers. von Peter Urban, Zürich 1983 (detebe Klassiker, 21068), S. 237. Ol'ga Knipper übernahm in der Uraufführung die Rolle der Ranevskaja; der Regisseur Stanislavskij wirkte auch als Schauspieler mit und spielte Gaev. Čechov beschwerte sich, dass Stanislavskij das Stück »qualvoll in die Länge ziehe«. Čechov und Knipper waren seit 1901 verheiratet.

Čechovs Genrebezeichnung »Komödie in vier Akten« wird bis heute kontrovers diskutiert. Sie irritierte bereits seine Zeitgenossen, zumal dramatische Ereignisse die Handlung des Stücks durchziehen und somit den Gesamtcharakter des *Kirschgartens* auf den ersten Blick nicht unbedingt komisch erscheinen lassen. Gor'kij verstand das Stück als »lyrische Komödie«, andere wiederum versuchten es als »Pastoralkomödie«, »ironische Tragikomödie«, »Komödie ohne happy ending« oder sogar »traurige Elegie« zu definieren. Čechov schuf mit dem *Kirschgarten* »einen neuen Typ des offenen, den herkömmlichen Klassifikationen nach Tragödie oder Komödie nicht mehr entsprechenden Dramas«.[3] Bereits in seinen früheren Stücken, den »undramatischsten Dramen der Weltliteratur« (Dmitrij Mirskij), hatte er die Grundlagen des modernen absurden Theaters gelegt. Er verzichtete in seinen handlungsarmen, scheinbar konfliktlosen Stücken auf dramatisch exponierte Helden und handlungstragende Dialoge und konzentrierte sich auf wenige alltägliche und unspektakuläre Vorkommnisse und das Beziehungsgeflecht von Bühnenfiguren, wobei er die Bedeutung der Sprache als Kommunikationsmedium deutlich zurücknahm und auf die Wirksamkeit nonverbaler, symbolischer Ausdrucksmöglichkeiten setzte, um die psychische Grundbefindlichkeit der Gestalten hervorzuheben. Das Leben des Individuums mit all seinen Widersprüchen und existentiellen Fragestellungen bedeutete für Čechov eine Mischung aus alltäglichen komischen und dramatischen Situationen. »Die Komödien genannten Stücke«, so ein Kritiker, »sind von heiterem Ernst, sind ironisch pointiert und versteckt tragisch.«[4] Diese untrennbare Verknüpfung von komischen, ironischen, melancholischen und teilweise tragischen Elementen macht den

3 Rolf-Dieter Kluge, *Anton P. Čechov. Eine Einführung in Leben und Werk*, Darmstadt 1995, S. 24.

4 Paul Theodor Hoffman, »›Leb wohl, altes Haus, guten Tag, neues Leben!‹ Tschechows *Kirschgarten* ohne Pathos und Patina«, in: *Abendblatt*, 18. Juni 1970 (Nr. 138), S. 10.

Kirschgarten faktisch zu einem optimistischen Stück »von fast spielerischer Art«.[5]

Der *Kirschgarten*, dessen Nähe zu Gogol's *Revisor* unverkennbar ist, verfügt über eine komische Oberflächenstruktur mit einer Fülle von Slapstick-Szenen. Beinahe alle Gestalten haben schrullige, lächerliche Züge und scheinen vom Pech verfolgt zu sein. Dem Kontoristen Epichodov, einem notorischen Pechvogel mit den Zügen des traditionellen Komödientypus, passiert »jeden Tag irgendein Missgeschick« (S. 8)[6]: Seine blank geputzten Stiefel knarren, er zerbricht ein Billardqueue, zerdrückt eine Hutschachtel, wirft einen Stuhl um, lässt einen Blumenstrauß fallen und drückt sich in einer geschraubten, verklemmten Sprechweise aus. Der komische Kauz Simeonov-Piščik, ein schwatzhafter Gutsbesitzer mit pragmatischem Gespür – er könnte ohne weiteres eine Gestalt aus Gogol's Werk sein –, nickt regelmäßig mitten im Gespräch ein, um sofort wieder aufzuwachen; Varja trifft beim Ausholen zum Schlag mit einem Stock die verkehrte Person; Trofimov, der intellektuelle Weltverbesserer, fällt mit lautem Gepolter die Treppe hinunter und verliert seine Galoschen; die Schwerhörigkeit des alten Dieners Firs führt zu komischen Missverständnissen. Gaev ist ein Komödientypus, der sich ununterbrochen lächerlich macht, ohne sich dessen bewusst zu sein. Für seine Nichte Anja ist sein Gehabe nur störend und peinlich. Obwohl gebildet, lebt Gaev, der unverkennbar Züge mit Ivan Gončarovs Romanfigur Oblomov, dem Inbegriff von Apathie und Langeweile, aus dem gleichnamigen Roman (1859) gemeinsam hat, in einer kindlichen, vergangenheitsbezogenen Phantasiewelt, die aus übertriebener Billardmanie, stetem Bonbonlutschen, Unselbständigkeit

5 Zelinsky (s. Anm. 1) S. 105.

6 Die Übersetzung von Textstellen aus dem Stück (wobei die Seitenzahlen sich auf die vorliegende einsprachige russische Ausgabe beziehen) folgt der zweisprachigen Ausgabe Anton Tschechow, *Der Kirschgarten*, russ./dt., Übers. und Nachw. von Hans Walter Poll, Stuttgart 2009 (Reclams Universal-Bibliothek, 18615).

und Phrasendrescherei besteht. Seine theatralischen und deklamatorischen Ansprachen – »unter Tränen« – an einen Schrank, die Natur und die Bediensteten beim Abschied machen Gaev zu einem lächerlichen, letztlich »überflüssigen« Typus. Čechov hat Gaev als übertriebenes Spiegelbild im Gegensatz zu dem Zentrum des Stückes, der Ranevskaja, entworfen. Auch sie ist kindlich-romantisch, gefühlsbetont, wie ihr Bruder schwärmerisch, realitätsfern und unpraktisch veranlagt, trägt zwar komische, aber im Gegensatz zu Gaev in erster Linie ernsthaft-dramatische, ja potentiell tragische Züge, die manche Interpreten dazu veranlassten, das Stück als Tragödie einzustufen: Sie hat mit dem Tod ihres Mannes und siebenjährigen Sohnes essentielle, leidvolle Lebenserfahrungen gemacht, empfindet die zweimal mit einem Mühlstein verglichene zwiespältige Hassliebe-Beziehung zu ihrem französischen Liebhaber, der sie ruiniert hat, als persönliches Leid und Schuld und ist sich ihres Versagens bewusst. Anstelle von situationskomischen Situationen treten bei der Ranevskaja wortkomische Effekte in den Vordergrund. Simeonov-Piščiks lakonische Frage, ob sie in Frankreich Frösche gegessen habe (»Ели лягушек?«), beantwortet sie ebenso einsilbig und damit weitere Komik provozierend: »Крокодилов ела« (»Krokodile habe ich gegessen«; S. 23). Wortkomik, die allgemein signifikant für Čechovs Œuvre ist, findet sich wiederholt im gesamten Stück. Sie ist auch präsent bei Lopachin, dem coolen und pragmatischen Geschäftsmann, einer weiteren Hauptfigur des Stücks, der mit Bildung auf Kriegsfuß steht: Von Gaev und Simeonov-Piščik verabschiedet er sich zweimal mit der verballhornten Form der gängigen Abschiedsformel »До свиданция« (»Auf Wiederbesehen«, S. 26 und 101): Hier ironisiert Čechov den »Macher« einer neu entstehenden Gesellschaftsschicht – auch er ist nicht perfekt.

Während hier die Komik auf bloßen Wortwitz reduziert ist, wiederholen sich im *Kirschgarten* durchgängig Elemente des Čechovschen Kommunikationsmusters, für das Missverständnisse, Nichtzuhören, Aneinandervorbeireden, absurde

Repliken, monologische Sprechweise, Ungesagtes sowie 34 vom Autor ausdrücklich festgelegte Sprechpausen kennzeichnend sind. Sie generieren auf der Oberfläche Komik, im Subtext aber Tragikomik. »Auf der Bühne«, so Karla Hielscher, »wird nicht gehandelt, sondern nur geredet: philosophiert und gestritten, geschwatzt und geplaudert oder gedankenlos ins Leere gesprochen«.[7] Dies veranschaulicht folgendes Beispiel. Lopachin drängt die Ranevskaja und Gaev zu einer Entscheidung, zwecks wirtschaftlicher Sanierung den Kirschgarten zu verkaufen.

> LOPACHIN. … Die Zeit bleibt nicht stehn! Die Frage ist doch ganz einfach: Wollen Sie mir das Land zum Bau von Landhäusern überlassen, oder wollen Sie das nicht? Antworten Sie nur ein Wort: ja oder nein? Nur ein Wort!
>
> LJUBOV' ANDREEVNA. Wer hat hier nur so ekelhafte Zigarren geraucht … *(Setzt sich.)*
>
> GAEV. Seit die Eisenbahn gebaut worden ist, haben wir's bequem: Man fährt mal eben in die Stadt zum Lunch … Den Gelben in die Mitte! Erst muss ich mal ins Haus, eine Partie spielen … (S. 43)

Hier hören drei Figuren nicht wirklich zu, machen sich etwas vor und reden aneinander vorbei, ja verweigern konstruktive Kommunikation, indem sie nicht auf das Dialogthema des Gegenübers eingehen, sondern sich auf sich selbst zurückbeziehen. Unterschiedliche Weltsichten und Perspektiven führen hier – wie allgemein im gesamten Čechovschen Werk – zu komisch wirkenden Missverständnissen. Wichtiger Inhalt weicht Nebensächlichkeiten und dem subjektiven Befinden der jeweiligen Person, das das Gegenüber nicht versteht bzw. nicht verstehen will – oder kann, da jeder sich um sich selbst dreht. Ljubov' Andreevna lehnt die Kommunikation mit Lopachin ab, indem sie sich Lopachins entscheidender, sachli-

7 Karla Hielscher, *Tschechow*, München/Zürich 1987, S. 96.

cher Frage entzieht und auf eine zurückliegende Situation – den Geruch von Jašas Zigarre – ausweicht. Auch Gaev zeigt mangelnde Bereitschaft zur Kommunikation mit Lopachin: Er assoziiert unbewusst das von seiner Schwester erwähnte Wort »rauchen« mit dem Begriff »Eisenbahn« – der neuen, revolutionären technischen Invention jener Zeit – und verbindet damit Bequemlichkeit anstatt ökonomischen Fortschritt. Diese Assoziation mit Muße führt ihn in seiner Gedankenwelt im nächsten Satz zu seinem Lieblingszeitvertreib des Billardspielens.

Die im gesamten Stück oft wiederholten Billardausdrücke symbolisieren Gaevs Spielcharakter, sein – vergleichbar mit den Kugeln im Spiel – zielloses Umhergestoßenwerden im Leben. Das Sprachverhalten spiegelt das jeweilige kontrastierende Redethema und die psychologische Situation der Figuren wider, ist »Schlüssel für die innere Situation der Gestalt«: Unter der Oberfläche der Dialoge verläuft ein »Untertext«, der »die verdeckten Tiefendimensionen in den zwischenmenschlichen Beziehungen verständlich macht«.[8] Das verschiedenartige Sprachverhalten der Figuren lässt Rückschlüsse auf deren gegensätzliche Charaktereigenschaften zu: Lopachins nüchterne, kurze, parataktische Sätze und realistische Entscheidungsfragen zeugen im Gegensatz zu den emotional gefärbten, elliptisch und monologisch gestalteten Selbstaussagen des infantilen Gaev von Rationalität und implizieren die pragmatische Konsequenz eines Selfmademan. Die Tatsache, dass alle Figuren aneinander vorbeireden, zeugt vor allem bei Gaev und der Ranevskaja vom Ausweichen vor notwendigen Realitäten und provoziert beim Publikum Erheiterung und Verwunderung, ja ein Gefühl der Absurdität.

Trotz aller Missverständnisse und Kommunikationsstörungen, aller Schrulligkeiten, Gebrochenheiten, Lächerlichkeiten und Absurditäten: Čechov gleitet bei der Gestaltung seiner Bühnenfiguren nicht in die groteske Karikatur ab, verletzt

8 Ebd., S. 103.

nicht, sondern ironisiert – mit einem Lächeln und einer Portion Mitleid verbunden – die Schwächen des menschlichen Lebens, in dem Komisches und Ernstes in all seinen Schattierungen ineinandergreifen. Čechovs Komik beruht auf der Unfähigkeit seiner Gestalten, ihr Leben zu durchblicken und umzugestalten. Der Autor diagnostiziert unsentimental das Leben, wie es ist, mit unerfüllten Sehnsüchten, utopischen Glücksvorstellungen, vertanen Möglichkeiten und gescheiterten Lebensplanungen, mit Sinnsuche, Erinnerungen, Einsamkeit, Langeweile, Enttäuschungen, Verzicht, Zweifeln und Angst. Keine seiner Figuren lässt sich auf eine Eigenschaft reduzieren, sondern jede ist breit, ja geheimnisvoll angelegt. Čechov geht es allgemein um das Menschliche am Menschen; er, der Arzt, kennt alle physischen und psychischen Facetten des Individuums. »In jeder Gestalt steckt eine Welt voller verborgener Dramatik, jede Seele ist ein Schlachtfeld verdeckter Empfindungen und Leidenschaften.«[9] Diese seelischen Wahrnehmungen kommen bei Čechov vielfach nicht direkt, sondern in Andeutungen und Symbolen zum Ausdruck.

Im dritten Akt überschreitet Komik die Grenze zum Grotesken und Absurden. Das zu Beginn noch heitere Familienfest kippt nach und nach zu einem düsteren »Ball am Abgrund« (Siegfried Melchinger). Die Erwartung der anstehenden Versteigerung des Kirschgartens an diesem Tag[10], Trofimovs philosophisch-belehrende Reden über das Leben und die Liebe sowie seine offene, kränkende Kritik an der Ranevskaja, deren scharfzüngige, verletzende Antwort und generelle Seinskrise, Varjas aggressive Sticheleien gegen ihn, »den ewigen Studenten«, Jašas beleidigende Äußerungen gegenüber Firs geben der Feier die Atmosphäre des Bedrück-

9 Ebd., S. 94.

10 Die Versteigerung findet an dem im Stück öfter erwähnten 22. August statt; möglicherweise spielt Čechov hier symbolisch mit den Begriffen: двадцать второе августа (›22. August‹) – двадцать два несчастья (›zweiundzwanzig Mal Unglück‹; ›Pechvogel‹), eine ebenfalls mehrfach benutzte idiomatische Wendung, die vor allem Epichodov zugeschrieben wird.

ten und Gereizten. Das Fest gleicht einer illusionären Veranstaltung, die durch Šarlottas Tricks und Bauchredekünste symbolisch verstärkt wird. Das Fest ist »ein furioser *danse macabre*, der im Widerspruch steht zum fröhlichen Charakter der Musik«[11] und einen Kontrast zu den Feiern vergangener Zeiten bildet. Die Teilnahme eines Post- und eines Bahnbeamten, die nach Auffassung von Firs das Familienfest aufgrund ihrer sozialen Herkunft stören, versinnbildlicht die neue Zeit der veränderten sozialen Gegebenheiten, der modernen Technologie und schnellen Kommunikation.

Der dritte Akt verdeutlicht, wie Čechov im *Kirschgarten* Privates, Zeitgeschichtliches und Existentielles miteinander verflicht. Wie Čechovs andere große Dramen ist auch der *Kirschgarten* zunächst ein Familienstück, an dessen Ende die Auflösung, aber nicht der Untergang der Familie steht. Die Umrahmung des Stücks mit dem handlungsbestimmenden Motiv der Zwangsversteigerung des Kirschgartens bildet die Anreise und die Abreise der Familie, zu der auch die Bediensteten gehören. Zwischen diesen beiden Polen zeigt Čechov einen Ausschnitt im trivialen Alltagsleben der Figuren. Die beiden Hauptgestalten des Stücks sind in ihrer Widersprüchlichkeit vielseitig, ja kompliziert angelegt. Die Ranevskaja – »ein guter Mensch, natürlich und einfach« mit einer »schönen, reinen Seele« – hat, wie jeder Mensch, zwei Gesichter: Einerseits ist sie charmant, klug, aufrichtig, gutmütig, freigebig und, im Gegensatz zum Intellektuellen Trofimov, voller Emotionen und Leidenschaften; auf der anderen Seite ist sie zerstreut, willenlos, entscheidungsunfähig, zornig (aber

11 Zelinsky (s. Anm. 1) S. 126. – Musik hat in Čechovs literarischem Œuvre eine besondere Bedeutung. Die zahlreichen Musikanspielungen (Hirtenflöte, jüdisches Orchester, Gitarre, Walzertöne, Lesginka, Tanz, Textfragmente aus Romanzen, zerspringende Saite u. ä.) haben im *Kirschgarten* einen symbolischen Charakter. In einer Art Doppelfunktion drücken sie auf der einen Seite die emotionalen und psychologischen Befindlichkeiten der Figuren, auf der anderen Seite die Verdrossenheit gegenüber sozialen Zuständen aus. Vgl. Viktoria Steinberg-Pavlova, *Musik in Anton Čechovs Erzählungen*, Frankfurt a. M. 2008.

beherrscht) und innerlich unruhig. Ihr konstantes Kaffeetrinken symbolisiert ihre Ruhelosigkeit und Vorliebe für eine typisch westliche bzw. französische Gepflogenheit. Lopachin, der Spross eines auf dem Ranevskij-Gut aufgewachsenen Leibeigenen – und somit eng zur Familie gehörend –, ist sozialer Aufsteiger und der Käufer des Kirschgartens und deutlich abgesetzt von den phlegmatischen Vertretern des Landadels. Auch er zeichnet sich durch Facettenreichtum aus und ist aufgrund seines Handelns und Arbeitsethos, seiner ökonomischen Zielstrebigkeit und Zukunftsorientiertheit von Čechov grundlegend positiv, »als anständiger Mensch«[12], entworfen worden. Einerseits ist Lopachin kalkulierender Geschäftsmann, andererseits aber auch Ästhet, der – trotz mangelnder Bildung – empfänglich für das Schöne ist. Schönheit hat durch ihn aber eine andere Gestalt angenommen: Der Kirschgarten, als Symbol von Ästhetik der alten Zeit, ist nun durch Mohnfelder, Ausdruck eines neuen Empfindens von Schönheit, abgelöst worden. Als Vorbilder für den *homo novus* Lopachin scheint Čechov die russischen Unternehmer und Millionäre jener Zeit – die Morozovs, die Brüder Tret'jakov, Sergej Ščukin, Savva Mamontov, Ivan Sytin und andere – im Blick gehabt haben, die sich neben ihren geschäftlichen Tätigkeiten als renommierte Kunstsammler und Mäzene hervorgetan und viel Nützliches für die russische Kultur geleistet haben. Auch Lopachin ist ambivalent und alles andere als ein »positiver Held«: Trotz wirtschaftlicher Erfolge ist er privat unglücklich und unfähig, Gefühle zu zeigen bzw. diese zu verbalisieren; er ist letztlich liebesunfähig.

Der *Kirschgarten* reflektiert »den unaufhaltsamen Untergang des Schönen […], die schleichende Veränderung der Wertordnung, die Ratlosigkeit der Menschen«.[13] Wie beispielsweise Ivan Turgenevs 1859 erschienener Roman *Ein*

12 Čechov in einem Brief vom 30. Oktober 1903 an Stanislavskij.

13 Hans Walter Poll im Nachwort zu der zweisprachigen Ausgabe des *Kirschgartens* (s. Anm. 6) S. 165.

Adelsnest (*Dvorjanskoe gnezdo*) thematisiert das Stück den sozial-historischen Wandel am Ausgang des 19. Jahrhunderts. Der innere Verfall des Zarenreiches, die schnelle Industrialisierung des Landes, soziale Spannungen, aufkeimender Kapitalismus durch eine neue Unternehmerklasse, die aufgrund seines ausschweifenden Lebensstils zunehmende Bankrotterklärung des Adels veränderten unter anderem grundlegend die ökonomischen und sozialen Grundlagen in Russland. Čechov sah zwar deutlich die düstere Entwicklung seines Landes und stand prinzipiell aufklärerischen, europäischen Reformideen nahe, war aber, anders als beispielsweise Dostoevskij, weltanschaulich, philosophisch und politisch kein engagierter lauter »Prophet« und gehörte keiner politischen Bewegung an; generell vertrat er eine kritische, ja distanzierte Haltung zum Zustand Russlands.

Sozialer Wandel wird in der russischen Literatur gern als Generationenkonflikt dargestellt, wie etwa die Konfrontation zwischen den Vätern der 1840er- und den Söhnen der 1860er-Generation in Turgenevs kritischem Gesellschaftsroman *Väter und Söhne* (*Otcy i deti*, 1862) veranschaulicht. Im *Kirschgarten* beschreibt Čechov die Zeit der von Auflösungserscheinungen gekennzeichneten Epoche zwischen zerbrechendem Feudalismus und einsetzendem Industriezeitalter Ende des 19. Jahrhunderts. Vertreter der alten Welt (Ranevskaja, Gaev, Firs und andere) und der neuen Welt (Anja, Trofimov, Lopachin und andere) treffen in einer Übergangswelt aufeinander. Lopachin und Trofimov sind gegensätzliche Vertreter der neuen Generation der Änderer bzw. Möchtegern-Reformer: der eine ist der pragmatische Realist, der andere der intellektuelle Idealist. Trofimov, der die Reihe des Typus des russischen Intellektuellen und Studenten fortsetzt, wie er etwa im Werk Turgenevs (z. B. Bazarov, Rudin) und Dostoevskijs (z. B. Raskol'nikov) vertreten ist, übt scharfe Kritik an der alten und neuen Generation. In zwei längeren Reden (2. und 3. Akt) prangert er den trostlosen Zustand und die Rückständigkeit Russlands an und verurteilt die Degeneration des einst privilegierten Adels, der mit dem rücksichtslosen »Ausbeuten« von »lebenden Seelen« auf fremde Kosten über seine Verhältnisse und auf Pump lebt. Den neuen Typus der Unternehmerklasse brandmarkt er als »Raubtier«, »das alles frisst, was ihm über den Weg läuft«. Trofimov wirft der Intelligenzschicht Schönrednerei, Realitätsferne, Gleichgültigkeit und das Fehlen von Visionen vor. Er idealisiert Arbeit und Wahrheit und propagiert eine Ideologie, die von westlichen Ideen – mit vorsichtigen Andeutungen auf Sozialismus und Darwinismus – beeinflusst ist. Der utopische Traum, den Trofimov hat, liegt in einer nebulösen Zukunft und bleibt ein vages, theoretisches Phrasengerüst. Trotz seiner visionären Ziele fehlt ihm aber im Gegensatz zu Lopachin die konkrete Umsetzung seiner Ideen. Čechov betrachtet den Übereifer der russischen Intelligencija mit Skepsis. Lopachin, Repräsentant der aufsteigenden kapitalistischen Klasse, sieht durch die Verwirklichung von fortschrittlichen Plänen und der Preisgabe überlebter Ordnungen seine Visionen in einer neuen Werteordnung, von der auch seine »Enkel und Urenkel« profitieren sollen. Lopachins stetiger Blick auf die Uhr symbolisiert ein neues Zeitgefühl, das an Benjamin Franklins 1758 geprägtes Wort »Time is money« – »Zeit ist Geld« – erinnert: Die strikte Ausnutzung der Zeit in Verbindung mit Effektivität und Rentabilität hat für Lopachin den Platz des ›alten‹ Zeitgefühls der Unentschlossenheit, Langeweile und Muße eingenommen. Čechov beschreibt Lopachin und Trofimov, für die »ganz Russland unser Garten ist«, nicht ohne Zuneigung; beide scheinen das Potential zur Rettung des Landes zu haben. Aber beide betrachtet der Autor nicht vorbehaltlos als charismatische Prototypen des »idealen Menschen« für das zukünftige Russland; Čechov markiert beide durchgängig mit komischen und ironischen Zügen und rügt somit »in Trofimow den vagen Idealismus der alten Klasse und in Lopachin den reinen Utilitarismus der neuen Klasse«.[14]

14 Zelinsky (s. Anm. 1) S. 129.

Čechov gesteht der Jugend den Glauben an eine glückliche Zukunft des Landes zu und hofft auf deren Fähigkeit, richtige Entscheidungen zum passenden Zeitpunkt zu fällen. Seine Sympathie gilt besonders der siebzehnjährigen, empathischen und begeisterungsfähigen, etwas naiven, aber durchaus realistisch denkenden und zielstrebig handelnden Anja, die den Typus des Hoffnungsträgers der jungen, unverbrauchten Generation verkörpert.

Die zeitgeschichtliche Krise bedeutet auch Seinskrise der Figuren, die sich in einer Übergangssituation vom alten zum neuen Leben befinden. Čechov beleuchtet besonders das Verhalten des Adels, der sich aufgrund von kontinuierlicher Verschwendungssucht, Müßiggang, Verantwortungslosigkeit, Langeweile (скука) und Trivialität (пошлость) von seinen kulturellen und moralischen Grundfesten gelöst hat. Die Vertreter des Adels verklären die Vergangenheit. Die Ranevskaja flüchtet aus der verzweifelten Gegenwart in Frankreich emotional und physisch in ihre zurückliegende Kindheit nach Russland in der Hoffnung, durch den Ortswechsel die von ihr erlebte Unbekümmertheit wieder lebendig werden zu lassen, um so die Gegenwart vergessen zu können. Das Erscheinen Trofimovs ruft in ihr aber schmerzliche Erinnerungen wach, die ihre nostalgische Rückschau trüben und das endgültige Verlassen ihres Gutes erleichtern. Auch Gaev verliert sich in Erinnerungen und projiziert seine vergangene glückliche Kindheit und Jugend – die Zeit eines problemlosen, untätigen und ausschweifenden Lebens – auf die Gegenwart, ohne essentielle, unaufhaltsame Veränderungen der Zeit zu reflektieren. Das Kindsein des Einundfünfzigjährigen wird durch Firs, Gaevs »männliche Njanja«, der seinen Zögling vom Erwachsenwerden abhält, von Čechov ironisch pointiert. Lopachin flieht vor der Vergangenheit, die für ihn mit persönlichen Negativerlebnissen seiner leibeigenen Herkunft (Schläge durch den alkoholabhängigen Vater) gekoppelt ist. Der siebenundachtzigjährige Firs personifiziert die alte Wertordnung der untergehenden Welt der Leibeigenschaft mit den für ihn lebensbestimmenden Maximen Pflichtbewusstsein und Gehorsam. Die Befreiung von der Leibeigenschaft bedeutet für ihn Unglück. Firs lebt ausschließlich in der Vergangenheit und wird am Ende buchstäblich vergessen. Seine Zeit ist abgelaufen; gleichzeitig mit dem Abholzen des Kirschgartens erwartet er seinen Tod.

Das Phänomen der Zeit, das in allen Čechov-Dramen ein wiederholtes Motiv darstellt, hat, verknüpft mit Erinnerung und Zukunftshoffnung, für jede Figur des *Kirschgartens* eine besondere Bedeutung. Die Gestalten leben in einer Art »Zwischenzeit« (Peter Szondi) und machen einen Spagat zwischen Vergangenheit und Zukunft. »Sie träumen sich rückwärts und vorwärts um die Gegenwart herum. Sie bleiben unzufrieden, unglücklich und dauernd beschäftigt mit der Selbstvergewisserung, dass es nicht sinnlos sein kann, hier und heute zu leben«.[15]

Surreale Züge, wie beispielsweise das plötzliche Auftreten eines Landstreichers, die sonderbaren Gäste auf dem Ball, das reißende Förderseil und die gesprungene Saite verunsichern die Figuren und deuten auf Veränderungen hin. Das wiederholte Symbol der gesprungenen Saite (2. und 4. Akt) und die lauten Axtschläge am Schluss des Stückes nutzt Čechov als durchdringende Omen, die den Umbruch der Zeit einläuten und den Wertewandel auch akustisch verdeutlichen. Ebenso weisen Firs' letzte Worte – »nichts ist dir geblieben, gar nichts« – auf die »zersprungene« alte Ordnung hin, die jetzt einer neuen Platz machen muss. Das Stück endet mit lauter Neuanfängen. Alle Figuren versuchen sich in der Umbruchsituation für die Zukunft konkret nach vorne auszurichten: die Ranevskaja, begleitet von Jaša, fährt zurück nach Paris, Lopachin nach Char'kov; Gaev wird Banker; Anja will das Gymnasium, Trofimov sein Studium beenden; Epichodov wird neuer Gutsverwalter, Varja Wirtschaf-

15 So in einer Besprechung zu Bruno Hübners *Kirschgarten*-Inszenierung 1966; http://www.rosel-zech.de/theater/der-kirschgarten-1966.htm

terin auf einem anderen Gut. Somit suggeriert Čechov ein optimistisches Ende, das die Kontinuität des Lebens fortsetzt und die Hoffnung in eine bessere Zukunft nahelegt.

Die Gouvernante Šarlotta fällt aus dem Rahmen der anderen Gestalten heraus; am Schluss verlässt sie das Gut mit einer unbekannten Zukunft. Čechov porträtiert sie als zeitloses Wesen, das den Fesseln des banalen Alltagslebens zu entgehen versucht und das Moment des Zwischenzeitlichen am anschaulichsten verkörpert. Die ungenaue Kenntnis ihrer Herkunft und ihres Alters, ihr konstantes Umherziehen und Infragestellen ihrer Identität, ihre Ruhelosigkeit, ihr clowneskes Verhalten, ihre akrobatischen Kunststücke, ihre Beziehungslosigkeit und Einsamkeit, Sentimentalität und Lebensfreude, ihr lakonisches Konstatieren von Fakten sind Anzeichen dafür, dass Leben nicht statisch, sondern dynamisch verläuft. Leben (жизнь) – ein im Stück auffallend häufig wiederholter Begriff – ist in Čechovs Verständnis so, wie es real in seiner Buntheit, Ambivalenz und Widersprüchlichkeit ist: Es ist einer ewigen immanenten Bewegung unterworfen und bindet damit den Menschen an Zeit und Zeitlichkeit.

Obwohl es Čechov in seinen Dramen zunächst auf die wirklichkeitsgetreue Darstellung von Zuständen und Stimmungen ankommt, befindet er sich mit seinem letzten Stück an der Schwelle zum Symbolismus. Čechovs *Kirschgarten* verfügt über eine Fülle von symbolträchtigen, Stimmung evozierenden Details. Der Kirschgarten als mehrdeutiges Zentralbild des Stücks ist Symbol für Zeit, Schönheit und Natur. Er personifiziert mit Wachstum, Blüte und Verfall den Lebenszyklus des Menschen, der dem unabwendbaren Diktum der Zeit unterworfen ist. Das Schicksal des Kirschgartens spiegelt darüber hinaus das Thema des sozialen Wandels und allgemein des Existentiellen wider. Seine Schönheit symbolisiert die idyllische Vergangenheit, sein Abholzen den Niedergang einer ganzen Epoche. Seine Schönheit muss dem Utilitarismus und einer neu definierten Ästhetik weichen. So wundert es nicht, dass die junge, pragmatisch orientierte Generation im Gegensatz zur alten dem Verlust des Kirschgartens relativ emotionslos gegenübersteht und sich, wie Anja im letzten Akt, nach einer »neuen, wunderbaren Welt« sehnt. Der Kirschgarten ist letztlich auch das Sinnbild für zerstörte Natur, die dem Neuem – dem gierigen (kapitalistischen) »Fortschritt« – Platz einräumen muss. Čechov bewertet diesen Wandel nicht; er urteilt und moralisiert nicht, offeriert keine Lösungen; er nimmt faktisch wahr, analysiert präzise, überlässt aber die Ausdeutung dem Publikum.

Mit seinem Stück regt Čechov den Menschen des 21. Jahrhunderts, der im Spannungsfeld zwischen schnelllebiger Entwicklung von Technologie, Bevölkerungsexplosion, Globalisierung und ökologischen Katastrophen auf der einen und dem Schwinden herkömmlicher Zeit- und Wertordnungen auf der anderen Seite lebt, zum kritischen Reflektieren über das gegenwärtige Sein an. Der Bezug zur Gegenwart, einer Ära der rasanten Umwandlung und Unübersichtlichkeit, macht Čechovs *Kirschgarten* auch heute weiterhin brisant. Die zeitgemäße Interpretation dieser vielschichtigen, melancholisch-ironischen Komödie mit bedrückendem Optimismus stellt unverändert eine Herausforderung an Theaterleute dar.

Wolfgang Schriek

Inhalt